Raoul & Blondies
아이노쿠사비 4

그대로 리키를 자신의 무릎 위로 가뿐하게 끌어
올린 후 다른 잔에 물을 따라서 입에 머금었다.
그리고 아무 망설임 없이 리키에게 입을 맞췄다.
순간.
너무나도 경악스러운, 아니, 믿기 힘든 광경에
모두가 경악하며 숨을 삼켰다. 두 눈을 크게 떴다.
그리고 술렁거렸다.

# 아이노쿠사비

# 4


글 요시하라 리에코
그림 나가토 사이치



MM NOVEL

**번역** 김진영 **표지** 조은아 **편집** 김경선 **교정** 정다움 **마케팅** 김정훈 **주간** 김선림

# 목 차

# 1장

미다스 에어리어-4 'AINIS(아이니스)'.

타나그라가 자랑하는 바이오테크놀로지를 구사하여 만들어 낸, 이곳 거대한 돔형 삼림 공원은 블록마다 다양한 나무와 색색의 꽃 그리고 나비와 곤충류, 작은 새들이 날아다니는 치유의 낙원이다.

촉촉한 대기는 기분 좋게 살갗을 어루만지고 숨을 쉬면 내장 구석구석까지 상쾌함이 스며든다.

'불야성' 미다스의 자랑거리는 요란한 네온이 끊임없이 빛나는 환락가뿐만이 아니다. 유희에 지친 몸과 마음을 치유해주는 자연 회귀 또한 미다스의 주되면서도 중요한 비즈니스 산업 중 하나였다.

그런 오후의 한때, 이아손과 카체는 온갖 꽃들이 흐드러지게 핀 오솔길을 유유자적한 걸음걸이로 걷고 있었다.

바쁜 일상을 잊고 느긋한 휴식을 취하며 산책을 즐기는 두 사람—으로 보이지 않을 것도 없지만 역시 평범한 일반인과는 풍기는 분위기가 달랐다.

차광 글라스로 얼굴의 절반을 가려도 눈부신 금발에 둘러싸인 미모는 조금도 손상되지 않았다. 오히려 황금률이라 칭송받는 체

형밖에 소화할 수 없는, 얼핏 보기에 단순한 듯하면서도 뛰어난 디자인에 기능성을 지닌 특권 계급의 정복이 무척이나 사람들의 시선을 끌었다. 그림자처럼 그 뒤를 따르는 카체의 특징 있는 스카페이스를 기억 한구석으로 쫓아내 버릴 정도로 압도적인 존재감이었다.

단순히 시각적인 흡인력이라고 하기에는 지나치게 위력이 강해서 주위 사람들은 걸음을 멈추고 그저 홀린 듯 멍하니 바라볼 뿐이었다.

『타나그라의 블론디.』

한숨과 함께 흘러나오는 그 말에는 단순한 동경을 넘어 온갖 감동이 담겨 있었다. 그러나 그 누구도 느긋하고 우아한 걸음걸이로 산책을 계속하는 두 사람을 쓸데없이 가로막지는 못했다.

물론 두 사람은 주위의 술렁거림 따위는 조금도 신경 쓰지 않고 있었지만.

"그래서? 키리에는 아직 찾지 못했나?"

호화로운 금발을 빛내며 이아손이 말했다.

평소와 다름없이 지극히 평온한 어조였지만 목소리 톤은 낮았다. 미묘한 온도의 차이가 느껴지는 그 말의 의미를 카체는 누구보다도 잘 알고 있었다.

"죄송합니다."

카체는 먼저 사죄를 입에 담았다.

"눈에 띄는 곳은 샅샅이 찾아봤지만 아직… 함께 어울려 다니던 자들도 아무것도 모르는 눈치입니다."

그리고 간결하게 경과를 보고했다.

"미다스의 치안 경찰을 투입한 의미가 없었다. 그런 뜻인가?"

"그렇지 않습니다. 그들이 경계선을 넘어 슬럼으로 쳐들어간 덕분에 키리에는 도망칠 곳을 잃고 말았습니다. 키리에 때문에 슬럼의 치외법권설이 뒤집혀 버렸으니까요. 이 정도면 다른 잡종들에 대한 통제력… 미다스의 프로파간다 효과는 충분히 기대할 수 있습니다."

막힘없이 담담하게 말하는 카체에게 옛 고향에 대한 애착 따윈 없었다.

카체의 뿌리는 분명 '가디언'에서 태어난 잡종이지만 13세에 성인이 됨과 동시에 거세당하고 타나그라 '에오스'에서 살아있는 가구(퍼니처)로 살아가게 되었다. 그때 카체는 남자로서 생식 능력을 상실했을 뿐만 아니라 인간으로서 가장 보드라운 감정마저 잃어버리고 말았다.

향수라는 말의 의미조차 이미 잊어버린 지 오래다. 가디언이 케레스의 성역은커녕 오염된 낙원이라는 사실을 알게 되었기 때문이다.

슬럼이라는 최악의 새장 속에서 썩어가는 대신 감정을 죽인 채 에오스를 구성하는 부품의 일부가 되었다. 본래는 그대로 의미 없이 살다가 죽음을 맞이할 예정이었지만 그 운명이 반전하여 지금은 블랙마켓에서 사육당하고 있다. 이아손 밍크의 충실한 수하로서.

퍼니처로서 치명적인 배신 행위를 범하여 엄벌에 처해질 뻔한 그였지만, 철저한 능력주의 탓에 일부 관계자들 사이에서 '악취미' 라고 야유받는 주인 이아손의 명령으로 목숨을 건졌다. 그것을 행운이라고 불러야 하는지 아닌지는 별개로 치더라도, 그런 인생의 굴곡을 '파란만장'이라 할 수 있지 않을까.

그런 카체가 할 수 있는 일은 각종 정보를 해석하여 슬럼의 현 상태를 파악하는 것뿐이다. 그것을 위해 사용할 수 있는 장기 말은 아무리 많아도 결코 충분하다고 할 수 없다.

왜냐하면 폐쇄감으로 가득한 슬럼은 남자들만의 뒤틀린 쓰레기장이니까.

상식도 가치관도 다른 세계이다 보니 당연히 예상 밖의 위험성도 많다. 머리로는 나름대로 이해할 수 있어도 실제로 체험하지 않으면 어디까지나 탁상공론에 불과하다.

5년 전 리키가 카체 밑에서 운반책으로 일할 때 카체는 그 사실을 깨달았다. 알고 있다고 생각했지만 사실 자신은 '슬럼의 잡종'의 본질을 아무것도 모르고 있었노라고 말이다.

어쩌면 '리키'라는 존재가 특수한 것뿐이었는지도 모른다. 적어도 카체에게는 정체성을 뒤흔드는 계기가 되었다. 좋은 의미로든 나쁜 의미로든. 정체되어 있던 감정까지 흔들리게 될 줄은 몰랐기에… 그 점은 확실히 예상 밖이었지만.

이아손이 리키에게 집착하고 사로잡힌 것과는 또 다른 의미로 카체도 '뫼비우스의 띠'의 속박에서 빠져나갈 수 없는 것이다.

만약 그때 다른 선택지가 있었더라면….

무언가가, 어딘가에서, 변했을 것이다.

5년이 지난 지금도 욱신욱신 아플 때가 있다. 빼내려야 빼낼 수 없는 가시처럼….

그러면… 아마도…… 틀림없이.

아무 의미 없는 후회에 지나지 않는다는 사실을 알면서도 생각은 자꾸만 되풀이된다.

그런 감정 따윈 오래전에 잃어버렸을 텐데.

하지만 지금처럼 키리에를 막다른 곳으로 몰아넣는 행위에는 아무 망설임도 후회도 없는 카체였다.

"가디언에서 무슨 일이 있었는지 섣불리 지껄이고 다니게 만드느니 차라리 미다스와 관련된 말썽으로 처리하는 게 편리하다… 이 말인가."

비꼬는 것도 빈정거리는 것도 아니다. 물론 칭찬과도 거리가 멀다. 그 말이 단순히 이아손의 솔직한 감상에 불과하다는 점을 카체는 알고 있었다.

"케레스의 자치 경찰에게 쫓기는 것보다 미다스의 치안 경찰이 나타나는 쪽이 더 충격이 강렬하니까요."

가디언에서 목격한 것, 알게 된 것—케레스를 근본부터 뒤흔드는 일대 사건의 산증인이 되도록 만드느니, 슬럼 주민들의 증오를 자극하여 희생양으로 만드는 편이 사냥하기 쉽다.

중요한 정보를 쥐고 있는 고발자라면 그에 상응하는 위험 부담을 감수하고서라도 숨겨주는 자가 있을지 모르지만 미다스의 DM에게 찍힌 극악무도한 인간을 감싸줄 이는 아무도 없다.

케레스와 미다스의 파워 밸런스에 미칠 영향력을 생각하면 그것이 가장 좋은 선택이었다.

슬럼에서 성공한 자에 대한 질투는 선망을 아득히 초월한다.

위로 기어오르려다 좌절하고 고향으로 돌아온 비참한 '실패자'라고 불리면서도 자기 자신을 잃지 않는 이단아는 리키 하나뿐이리라.

물론 리키의 경우 단순한 실패자와는 조금 사정이 달랐지만.

"제법 좋은 생각이다만 아무리 슬럼의 잡종들을 통제한다 해도 정작 키리에를 잡지 못하면 의미가 없다."

"네."

무턱대고 도망치기 시작한 시점에서 키리에의 악운은 끝났다고 할 수 있다.

고발자가 얻을 이득과 불리한 점.

정보는 얼마나 새로운지가 중요하지만 때로는 생명을 지키는 강력한 비장의 카드가 되기도 한다.

거기까지 머리가 돌아가지 않아서야 아무리 위로 올라가고 싶어서 발버둥 친다 해도 한계가 있다. 결국 세상 물정 모르는 악동 수준이라는 뜻이다.

키리에에게는 손에 쥐고 있는 정보를 팔 상대도 없거니와 그런 상대를 찾을 연줄도 없다.

카체가 보기에 키리에는 그저 '운'이 좋았을 뿐 아무것도 모르고 까부는, 세상 무서운 줄 모르는 철부지였다.

"지하 폐광(다나 반)에 숨어든 흔적은 없나?"

"그곳은 슬럼의 주민도 접근하지 않는 금지 구역입니다. 키리에가 자포자기해서 자살이라도 생각하지 않는 한 그럴 리가 없습니다."

"아… 그러고 보니 독립할 때 설치한 방위 시스템이 아직 가동되고 있다고 했던가."

다나 반은 미다스에 대항하기 위해 만들어진, 이른바 방공호라고 할 수 있다. 지금은 아무도 관심을 두지 않는 과거의 유물에 불과하지만.

전부 폐기하기에는 지나치게 거대해서 막대한 자금이 필요하다 보니 그대로 지금까지 방치되어 있다.

정확한 설계도조차 이미 유실되었다고 한다. 이제는 한번 발을 들여놓으면 빠져나올 수 없는 미궁이라 해도 과언이 아니다.

"바이슨 외에 키리에와 친했던 자들은 누구지?"

"이렇다 할 사람은 없습니다."

"섹스 프렌드도 없나?"

"자신은 싸게 굴지 않는 주의라고 주위 사람들에게 큰소리치고 다녔다고 하더군요."

그 순간 이아손의 입가에 희미한 냉소가 맺혔다.

"그래서 쿠가의 아들을 선택한 건가?"

"아마도."

"나쁘지 않은 선택이었지만."

이아손은 아무렇지도 않게 말했다. 그러나 카체에게는 전혀 예상하지 못했던 놀라움이었다.

아니, 경악스럽기까지 했다.

오염된 낙원에서 한 발자국도 밖에 나가본 적 없는 희귀종.

가디언의 패권을 쥔 자라는 선민의식 아래서 순수 배양된 온실 속 화초.

'쿠가 일족' 앞에서는 모든 사람이… 누구나 꿇어 엎드려야 마땅하다고 진심으로 믿고 있는, 오만하기 때문에 가엾은 남자.

알맹이는 텅 비었지만 자존심만은 하늘을 찌르던 마농이 하필이면 성질 나쁜 키리에와 '그런 관계'였다는 사실에 카체는 경악하고 말았다.

처음 그 이야기를 들었을 때는 무슨 농담인가 하고 저도 모르게 귀를 의심했을 정도다.

대체 키리에는 어떻게 마농을 유혹한 걸까.

달콤한 말로?

몸으로?

…상상조차 가지 않는다.

키리에의 무엇에?

어디에?

…끌린 것일까.

역시 인간의 취향이란 그야말로 천차만별, 상식으로는 헤아릴 수 없을 정도로 희한한 것이다. 카체는 그렇게 생각할 수밖에 없었다.

"그런데 설마 쿠가의 아들이 그런 짓을 저지를 만큼 키리에에게 푹 빠져 있었을 줄이야."

정말이지 청천벽력이다.

카체조차 그렇게 생각했으니 가디언 입장에서는 그야말로 날벼락이나 다름없었으리라.

"보안이 허술하다기보다는 위기관리 능력이 결여되어 있다고밖에 생각할 수 없습니다."

타나그라라는 거대한 외압이 있을지언정 천적은 없다는 안일함. 한마디로 말하자면 그런 이유였는지도 모른다.

"피도 고이면 썩는다는 말이 있지… 가디언의 패권에도 슬슬 새로운 피를 수혈해야 할지도 모르겠군."

담담하게 말하는 이아손의 진의가 무엇인지 카체는 모른다.

다만 이 사건으로 인해 대대로 가디언을 좌지우지해온 자들이 전전긍긍하고 있으리라는 사실만은 알 수 있었다. 블랙마켓의 제왕으로 군림하는 블론디는 '무능'과 '술수'와 '태만'을 다른 무엇보다도 싫어한다.

이번 사태는 부주의에서 비롯한 실수가 아니다. 단순한 태만이다. 그 점을 놓칠 정도로 타나그라는 호락호락하지 않다. 그런 이야기다.

"쿠가의 아들은 어떻게 됐나?"

표면적으로 케레스는 미다스 공식 지도에서 영구 말소된 특별자치구다. 그 실태가 타나그라의 거대한 바이오 팜에 불과하다 해도 블론디가 드러내놓고 간섭할 수는 없다.

그 때문에 이 사건에 대해서는 카체가 양쪽의 조정자 역할을 맡아 전권을 위임받은 것이나 다름없었다.

"카테고리—1의 실태가 어지간히 충격이었는지 극도의 정신 착란 상태입니다. 아마 레벨4의 심리 요법으로도 완전히 원래대로 회복하지 못할 겁니다."

카체에게 독설과 폭언을 퍼부었던 마농이… 말이다.

"역시 온실 속 화초는 약해빠졌군."

담담하게 감상을 말하는 이아손의 뇌리에는 대체 누구의 얼굴이 떠올라 있을까. 묻지 않아도 알 것만 같은 기분이 들었다.

"쿠가는 뭐라고 하던가?"

"제대로 감독하지 못해 진심으로 죄송하다고 하더군요. 이미 어떤 처분도 각오하고 있는 모양입니다만…."

잠시 말꼬리를 흐리는 카체의 태도가 평소와는 달리 애매하다는 점이 신경 쓰이는 것일까. 이아손은 문득 걸음을 멈추고 카체를 바라보았다.

"…뭐지? 달리 마음에 걸리는 일이라도 있나?"

"아닙니다… 그저 가디언의 소장씩이나 되는 자가 이번 일의 중대성보다 변해버린 아들의 모습에 더욱 충격을 받은 것 같아서…."

"설령 자신의 아들이 일족을 파멸시킬 만큼 못났다 해도 쿠가는 쿠가 나름대로 아들을 사랑했던 모양이지."

그 순간 카체는 눈을 크게 떴다. 이아손의 입에서 있을 수 없는 말이 흘러나온 듯한 기분이 들어서 저도 모르게 자신의 귀를 의심했다.

그러자 이아손은 아주 살짝 한쪽 눈썹을 치떴다.

"그렇게 이상한가?"

"네?"

"내 입에서 '사랑'이라는 말이 나오는 게…."

"아… 닙니다…. 그게, 아니라…."

카체는 순간 당황하며 입을 다물었다. 그래도 심장은 여전히 쿵쿵 이상하리만치 세차게 뛰고 있었다.

그러나.

"그럼 키리에는 쿠가의 아들 외에는 페어링 파트너도 없었단 말인가?"

평소와 다름없는 이아손의 어조에 한순간 백일몽에서 현실로 끌려 나왔다.

"네."

살짝 갈라진 목소리에 카체는 내심 혀를 찼다.

쓸데없이 정신을 팔고 있을 때가 아니다. 그렇게 스스로를 질책하며 카체는 아랫배에 힘을 줬다.

"섹스보다 야심이란 말인가?"

"섹스는 수단으로 삼았을 뿐, 그 외에는 관심이 없었을지도 모릅니다."

세상 물정 모르는 마농은 어땠는지 모르지만. 출세를 목표로 삼던 키리에가 마농과 진지한 연인 관계였으리라고는 도무지 생각할 수 없었다.

"다만… 그 야심을 가지고도 도저히 넘을 수 없는 벽은 있었던 모양입니다만."

"리키… 말인가?"

고개를 끄덕이는 대신 카체는 침묵했다.

그 문제라면 카체보다 이아손이 훨씬 잘 알고 있다 해도 과언이 아니다. 카체에게 키리에와의 접점 따윈 아무것도 없지만 따지고 보면 이아손은 당사자라고 할 수 있다.

그런 이아손에게도 이번 일은 예상 밖이었으며, 놀랍고도 커다란 사건인지도 모른다.

"키리에는 높은 곳으로 기어오르기 위해서라면 자신의 자존심마저 팔아치우겠지만 리키는 자존심을 버릴 바에야 차라리 출세 쪽을 깨끗이 쓰레기통에 던져버리겠지. 그 차이가 넘을 수 없는 벽이라는 뜻이다."

닮았지만 다른 자들.

결국 모조품은 오리지널을 뛰어넘지 못했다. 한마디로 말하자면 그런 것이다. 그것도 당연한 결말이지만.

아니.

리키와 키리에를 동일 선상에 놓고 이야기하는 것 자체가 잘못된 일이다.

키리에는 천재일우의 기회만 움켜잡으면 리키처럼 출세할 수 있으리라 자만했지만 과제를 클리어하여 스스로 그 자격을 쟁취하는 것과 주어진 먹이를 그저 먹기만 하는 것은 하늘과 땅만큼 큰 차이가 있다.

『높은 곳으로 기어올라 간다.』

키리에는 리키의 그 말에 담긴 각오의 진의조차 알지 못했겠지만.

"이아손 님."

"뭐지."

"MPC(미다스 폴리스 센터)에서 리키의 기밀 파일에 최우선 코드로 접속했습니다만… 알고 계십니까?"

"알고 있다."

"괜찮으십니까?"

"뭐가 말이지?"

"리키가 펫으로 등록되어 있는 것도, 슬럼에 풀어놓고 있는 것도 MPC에 전부 들키고 말았습니다만."

"문제없다."

이아손은 즉각 단호하게 대답했다.

"그 녀석은 슬럼의 잡종이니까. 펫 법이 적용되는 것은 미다스에서 생산되어 일련번호가 있는 상품들뿐이다. 특화된 잡종은 대상 밖, 그런 거다."

법의 허점을 파고들어 억지로 뜻을 관철하는 방식은 보통 '고식적'이라고 할 수 있다. 그런데 이렇게까지 당당하게 특례를 주장하다니, 이쯤 되면 한숨밖에 나오지 않는다.

"그리고 MPC의 액세스 기록은 모두 삭제되었다."

그건 리키의 주인이 S급 코드 랭크인 '블론디'라는 사실을 MPC 측이 알았기 때문이리라. DM이 아무리 미다스에서 공포의 대상이라 해도 위에는 그보다 더 위가 있는 법이다.

타나그라의 초 엘리트 블론디의 진정한 위광을 모를 정도로 궁극의 무지한 자들은 우주가 아무리 넓다 해도 아마 슬럼의 잡종

뿐이지 않을까. 모든 것으로부터 격리되어 일그러진 세계에 살고 있기에 15세의 리키는—17세의 키리에는 두려움도 모르고 태연하게 이아손과 시선을 마주칠 수 있었던 것이다.

그때 이아손이 아주 살짝 시선을 들었다.

"그자들, 그 녀석을 실컷 괴롭힌 것 같더군."

마치 현장을 보고 있었던 듯한 말투였다.

어쩌면 정말로 그랬을지도 모른다. 이아손은 타나그라의 최고 권력자 '블론디'다. 마음만 먹으면 분명 실시간으로 어디든 지켜볼 수 있으리라.

"그건—슬럼의 잡종이니까요."

DM을 슬럼에 투입한다는 건 바로 그런 것이다.

그들에게 슬럼의 잡종은 자신들의 영역에서 멋대로 부스러기를 훔쳐 먹는 해충에 불과하다. 지긋지긋한 해충에게 인권 따윈 없다. 닥치는 대로 때려잡아야 할 존재다.

우주 연방의 인권 옹호 단체조차 케레스의 존재는 건드리지 않는 것이 현실이다. 고매한 사상도 결백한 이념도 강대한 권력 앞에서는 모두 무릎을 꿇는다. 반박할 수 없는 진실이다.

카체가 DM 투입을 보고한 시점에서 그런 사태가 벌어질 줄 알고 이아손이 용인한 셈이다. 그러나 그런 이아손도 타인이 자신의 소유물을 멋대로 괴롭힐 경우 느끼는 분노는 이성과는 별개인지도 모른다.

카체도 설마 DM이 슬럼에서 MPC까지 리키를 연행하리라고는 생각지도 못했다. 하물며 개인 정보에 접속하기까지 할 줄이야. 그야말로 예상 밖의 오산이다.

DM의 임무는 키리에의 자취를 쫓아 체포하는 것이지 관계자를 본부로 연행해서 취조하는 게 아니다.

슬럼의 잡종 상대로 정식 절차를 밟을 필요는 없다. 위협하고, 협박하고, 추궁해서 실토하게 만든다. 그저 그뿐이다.

그런데 리키는 MPC까지 연행되었다.

어째서?

다른 멤버들은 그 자리에서 요란하게 심문당했을 뿐 누구 한 사람 연행되지 않았다.

슬럼의 젊은이들이 밤의 미다스를 크루징하는 것은 주체할 수 없는 폐쇄감을 발산하기 위해서다.

그때 관광객들에게서 훔친 카드가 어둠의 루트로 비싼 값에 매매되고 있다 해도 그리 대단한 액수는 아니다. 기껏해야 용돈 수준이다. 그 돈은 대부분 술이나 마약으로 바뀐다. 그것이 슬럼의 상식이다.

잡종은 해충이다. 발견하면 그 자리에서 밟아 죽인다.

미다스 치안 경찰의 인식은 그 정도였다. 굳이 개인 정보를 채취할 필요는 없다. 아니, 그럴 가치조차 없는 것이다.

슬럼에서는 미다스에서 실수를 저질러서 DM에 붙잡히면 블랙리스트에 오른다—는 게 정설인 모양이지만 실제로는 잡종 따윈 리스트에 올릴 가치조차 없다.

구타하고.

짓밟고.

때려눕히고.

어떤 변명도 이유도 필요 없다. 잡종은 넝마처럼 너덜너덜하게 만들어서 쓰레기통에 버리면 그만인 존재니까.

그런데 리키만은 달랐다.

MPC 본부에서 리키가 어떤 취급을 받았는지 상상하기란 쉬웠다.

오만하리만치 대담한 어조, 그 누구에게도 쓸데없이 비굴하게 굴지 않는 건방지고 새까만 눈동자. 자각조차 없이 그에게 매료당해 파지 않아도 될 무덤을 파는 남자들의 심정을 카체는 손에 잡힐 듯이 알 수 있었다.

『칠흑의 바쥬라.』

절묘한 비유다.

이보다 더 알기 쉽게 리키를 표현하는 말은 없을 것이다.

좋건 싫건 리키는 남자들의 내면에 있는 '무언가'를 자극하고 들쑤시는 생물이다.

이아손도.

카체도 마찬가지다.

물론 이아손과 카체는 자극당하는 부분도 이유도, 그리고 그 의미도 당연히 다르긴 하지만.

아마 키리에도 그럴 것이다. 아니… 리키를 의식한 나머지 키리에는 잘못된 길에 발을 들여놓았는지도 모른다.

자신이 모르는 곳에서 그런 말이 나돌고 있다는 사실을 알면 리키는 불같이 화를 낼지도 모른다. 그러나 그 말을 단순한 농담으로 치부할 수 없게 만드는 무언가가 리키에게는 있었다.

자부심의 덩어리와도 같은 DM의 눈에 리키는 꽤나 괴롭힐 보람이 있는 사냥감으로 보였을지도 모른다.

그러나 마음껏 괴롭힌 후 그가 블론디의 펫이라는 사실을 알게 된 순간 아무리 DM이라도 아마 창백하게 질렸을 것이다.

슬럼의 잡종이 펫이라는 비상식적인 상황에 아연실색하고.

그 주인이 블론디라는 사실에 경악하고.

게다가 그 펫을 슬럼에서 방목하고 있다는 있을 수 없는 사실을… 아니, 있어서는 안 되는 현실을 알고 말문이 막혔으리라.

그러나 그 의미를 깊이 파헤치지 않고 본부의 기록에서 리키의 데이터를 모두 말소해버린 이유는 타나그라의 엘리트라는 입장을 생각해서라기보다는 블론디의 위광에 두려움을 느꼈기 때문임에 틀림없다.

지나친 호기심은 화를 부른다.

위기관리 최고 레벨은 레드 존이지만 세상에는 섣불리 건드려서는 안 되는 블랙 존이 존재한다.

아무것도 못 본 척.

입을 다물고.

귀를 막고.

DM 치프의 결단은 현명한 판단이었다. 설령 그로 인해 그의 내면에 뭐라 말할 수 없는 갈등이 생겨난다 해도.

"어떻게 할까요?"

"글쎄…."

거기서 잠시 말을 끊은 후.

"네가 직접 살펴봐라. 워낙 지독하게 고집이 센 녀석이니까. 어쩌면 치안 경찰 상대로는 입을 다물고 있었던 부분이 있을지도 모르지."

이아손은 지시를 내렸다. 여느 때처럼 조금도 막힘없는 어조였다.

"그건—수단과 방법을 가릴 필요가 없다는 말씀입니까?"

일단 만약을 위해 확인했다. 이아손의 해석과 카체의 인식이 어긋나지 않도록. 이것도 늘 거치는 절차다.

"상관없다. 방법은 너에게 맡긴다. 하지만 정보는 반드시 알아내라. 아무리 사소한 정보라도."

이아손의 예리한 미모에는 약간의 주저도 없었다. 그가 리키에게 범상치 않은 집착을 품고 있다는 사실은 잘 알고 있지만 그것과는 별개로 공사를 확실하게 구분하는 그의 어조는 과연 블랙마켓의 제왕답게 위엄이 흘러넘쳤다.

"알겠습니다."

카체는 깊게 머리를 숙였다.

그렇다면 자신도 해야 할 일을 하면 그만이다.

# 2장

키리에가 리키의 집에 굴러들어온 지 사흘째 되는 밤이 저물어 가고 있었다.

느닷없이 벌어진 경악스러운 사태에 리키의 혼란과 분노의 폭풍은 아직 가라앉지 않았다.

영문도 모른 채 미다스 치안 경찰에게 습격당하고 다짜고짜 본부로 연행되었다. 그때 리키는 비로소 키리에가 '무언가를 저질렀다'는 사실을 알게 되었다. 그리고 그 때문에 자신과 전 멤버들이 어처구니없게도 엉뚱한 불똥을 뒤집어쓰게 된 경위를 몸서리가 쳐지도록 실컷 체험했다.

알지도 못하는 걸 실토하라고 협박받고.

부당하게 괴롭힘을 당하고.

급기야 이아손의 펫이라는 사실까지 폭로 당했다.

리키에게는 그야말로 엎친 데 덮친 셈이라, 격분하지 않을 수 없는 상황이었다.

그리고 최악의 컨디션으로 힘겹게 집으로 돌아왔더니 그곳에는 이 모든 원흉인 키리에가 침실 옷장 속에 숨어있더라는, 그야말로 흉악하기 그지없는 상황이 리키를 기다리고 있었다.

거짓말.

왜? 어째서?

믿을 수 없는 광경에 한순간 호흡이 멈췄다.

지긋지긋했다.

울화가 치밀었다.

뇌가 부글부글 끓어오르는 듯한 기분이었다.

『시시한 동정 따위 하지 마.』

『저런 시한폭탄을 이대로 내버려둘 수는 없어.』

『빨리 쫓아내.』

가이에게는 그렇게 단호하게 선언했건만. 막상 불같은 분노가 사라지고 키리에와 단둘이 되자 멱살을 움켜잡고 인정사정없이 밖으로 쫓아낼 수가 없었다.

정말 지긋지긋했다.

물러 터진 자신을 걷어차고 싶은 심정이었다.

그 후로 줄곧 키리에는 옷장 속에 있다. 아침에도, 점심에도, 밤에도 팔다리를 웅크린 채 덜덜 떨고 있다.

리키와 얼굴을 마주치면 욕을 먹는 게 싫어서, 쫓겨날까 봐 무서워서 틀어박혀 있는 게 아니다. 마치 좁고 어두운 그 공간만이 유일하고 절대적인 영역이라는 듯이 스스로 틀어박힌 채 나오지 않을 뿐이다.

식사도 거의 섭취하지 않는다. 입을 대는 것은 미네랄워터와 극소량의 고형 푸드뿐.

식욕이 없다기보다 배는 고프지만 몸이 음식을 받아들이지 않는다, 하지만 뭔가를 먹지 않으면 몸이 버티지 못하니까 최소한의 음식을 억지로 먹는다, 그런 느낌이었다.

대체 무슨 일이 있었는지는 모른다, 다만.

『죽고 싶지 않아.』

처참한 꼴을 당하고도 그런 말을 연호하는 키리에의 삶에 대한 집착은 참으로 무시무시했다.

『구질구질한 녀석.』

한마디로 딱 잘라 단정 지으면서도 꾸벅꾸벅 졸 때조차 어딘가 겁에 질린 듯이 악몽에 시달리는 키리에의 초췌하게 여윈 모습을 보는 순간 어째서인지 옷장에서 끌어낼 기력마저 잃어버리고 말았다.

'나도 정말 물러 터졌군.'

이를 악물며 내뱉은 중얼거림은 지독히도 씁쓸했다.

위로 올라가기 위해서라면 무슨 짓이든 할 수 있다.

깨끗하고 올바른 일만 할 수는 없다.

그러니까 이용할 수 있는 건 뭐든지 이용하고 팔아넘길 수 있다면 동료도 양심도 팔아넘긴다.

상황을 유리하게 이끌어가기 위해서는 태연하게 거짓말을 할 수 있고, 상대가 누구든 아첨하며 비위를 맞출 수 있다.

결과만 좋으면 수단은 가리지 않는다—그렇게 호언장담한 사람은 다름 아닌 키리에였다.

건방지고 교만하다.

약삭빠른 데다 이기적이다.

그런 모습은 이제 흔적조차 찾아볼 수 없다.

그러니까 정에 이끌린 건… 아니다.

리키와 키리에 사이에는 서로 용납할 수 없는 깊은 균열이 자리 잡고 있다. 그건 누가 봐도 분명한 사실이다. 그러나 키리에는 마지막의 마지막에 특대 폭탄 발언을 던졌다.

『좋아해. 당신을… 좋아해.』

뭔가에 홀린 것처럼 그 말만을 되풀이했다.

그토록 멋대로 굴어놓고 무슨 염치로 그런 말을 하는 걸까. 다짜고짜 아무 맥락도 없이 그런 말을 하는 키리에의 정신세계를 리키는 도무지 이해할 수 없었다.

DM에게 얻어맞고.

발로 차이고.

게다가 왜 이따위 우스꽝스러운 짓거리까지 장단을 맞춰야 하는 걸까. 그렇게 생각하면 속이 뒤집어질 정도로 화가 났다.

『어차피 미움받을 바에야 확실하게 받고 싶었어.』

가이를 이아손에게 팔아넘긴 이유조차 어처구니없는 원한 때문이다.

가이를 팔아넘겼다는 걸 알면 리키가 어떤 표정을 지을지… 그게 보고 싶었다고 한다.

『무시당하는 것보다 미움을 받는 게 백배 나아. 그러면 리키는… 나를 절대 잊지 않을 테니까. 그렇게 생각하면 오싹오싹했어. 다른 누구와 섹스하는 것보다… 훨씬 강렬한 쾌감이었어.』

그쯤 되면 훌륭한 변태다. 그런 말을 듣고 아, 나를 좋아하나 보다 하고 생각하는 바보가 있다면 그 인간도 머리가 어떻게 된 것임에 틀림없다.

리키의 생각에 키리에는 리키를 좋아하는 게 아니다. 리키에 대한 일그러진 집착을 연애 감정으로 착각하고 있는 것뿐이다. 아니면 설명할 수 없는 비상식적인 충동을 '좋아한다'는 말로 정당화하는 것뿐이다.

어째서?

아무 데도 갈 곳이 없으니까.

미다스 치안 경찰과 케레스 자치 경찰 양쪽에 쫓겨서 이제 도망칠 길은 없다. 절체절명, 벼랑 끝의 상태다.

리키 입장에서는 싫어한다, 미워한다고 선언하는 편이 그나마 납득이 갔다.

키리에가 싫기 때문이다.

그 마음을 숨길 생각도 전혀 없었다. 키리에에게서 미움을 받아봤자 아프지도 가렵지도 않거니와 딱히 문제될 것도 없었다.

지금까지는 그랬다.

그러나 키리에는 리키를 '좋아한다'고 울부짖었다. 목소리를, 얼굴을 일그러뜨린 채 그 말만을 되풀이했다.

—바보도 아니고.

지금까지 실컷, 온갖 방법으로 남의 얼굴에 먹칠을 해놓고 그 모든 걸 '좋아한다' 한마디로 정당화하려 드는 키리에가 싫다.

—용서할 수 없어.

그 교만함과 무신경함에 울화가 치밀었다.

—구역질 나.

그래서 더더욱 화가 났다.

그래도 이 집에서 키리에를 쫓아낼 수 없는 이유.

키리에가 불쌍하기 때문… 이 아니다.

지금 여기서 키리에를 쫓아내면 가이가 녀석을 데려갈 것 같아서였다.

『글쎄, 문제는 어디다 버리느냐 하는 점이라니까.』

가이는 리키의 염려를 부드럽게 부정했지만 어떤 형태로든 리키는 더 이상 가이를 이 일에 끌어들이고 싶지 않았다. 물론 다른 멤버들도 마찬가지다.

자신들은 무엇 때문에 엉망으로 얻어맞은 걸까.

그 이유 정도는 확실하게 파악해두고 싶다. 그걸 알 권리도 있다. 가이는 그렇게 생각하고 있는 모양이지만 리키가 생각하기에는 그게 제일 위험했다.

아무리 시시한 일이라도 비밀을 알게 되면 결국 자동으로 공범자가 되게 마련이다. 그 점이 제일 무서웠다.

미다스의 DM이 슬럼으로 쳐들어온 위기감.

리키와 가이 두 사람은 그 인식에 큰 차이가 있다. 그리고 아직 무언가를 숨기고 있는 듯한 키리에도….

시간제한을 넘겨버린 사람은 키리에뿐만이 아니다. 그래서 리키는 망설이고 있었다. 키리에를 버릴 곳과 스스로 결판을 지을 방법을.

그때.

문득 초인종이 울렸다.

한순간 심장이 철렁 내려앉았다.

키리에라는 최악의 재앙 덩어리를 끌어안고 있기 때문일까. 리키의 신경도 유난히 곤두서 있었다.

그러나 초인종이 울린 후 인식 코드 램프가 깜빡이는 것을 본 순간 곤두섰던 신경이 누그러졌다.

가이였다.

문의 잠금을 해제하자 양손에 짐을 끌어안은 가이가 집 안으로 들어왔다.

"키리에는?"

그리고 곧이어 그렇게 말했다.

"오자마자 그 소리부터 하기냐?"

리키가 불퉁하게 입술을 내밀자 가이는 한쪽 뺨에 미소를 띠었다.

"먹을 것과 갈아입을 옷을 가져왔어."

가이는 일단 테이블 위에 짐을 올려놓았다.

먹을 것은 그렇다 치고, 가이가 말한 '갈아입을 옷'의 의미를 곱씹으며 리키는 보란 듯이 혀를 찼다.

"그 멍청한 놈을 위해 쓸데없이 돈 낭비하지 마, 가이."

"하지만 사흘이나 같은 속옷을 입으면 냄새나잖아?"

일부러 밝게 말하며 가이는 익숙한 손놀림으로 음식 팩을 냉동고에 집어넣었다. 아무리 봐도 장난이 아닌 양이었다.

"가이, 너. 여기서 농성이라도 하라 이거냐?"

"준비해서 나쁠 건 없잖아…."

가이의 이런 행동은 왠지 모르게 의도를 품은 듯했다.

'키리에를 버리지 마. 알았지?'

마치 은근하게 그런 뜻을 담고 말하는 듯해서 리키는 몹시 기분이 나빴다.

"여러 가지로 대책도 생각해야 하잖아? 머리를 쓰면 배도 고파지게 마련이고."

대책?

그런 건 없다.

'언제'.

'어디로'.

'어떻게'.

키리에를 버리러 가야 하나. 생각할 거리는 그것만으로도 충분하다.

"그럼 먼저 저녁 식사라도 할까."

가이가 들고 온 팩을 레인지에 던져 넣으며 말했다.

순간 리키의 배에서 꼬르륵 소리가 울렸다.

"그것 봐. 기막힌 타이밍이지?"

가이가 환하게 웃었다.

그 웃음에 이끌려 리키는 저도 모르게 한숨을 쉬었다.

순간.

또다시 초인종이 울렸다. 한순간의 평온을 잔인하게 짓밟으려는 듯이.

인식 코드 램프는 깜빡이지 않았다.

당연히 초대받지 않은 손님이라는 뜻이다.

예정되어 있지 않은 밤의 손님 중에 멀쩡한 인간은 없다는 것이 슬럼의 상식이다. DM에게 당한 직후인 지금은 더더욱 그렇다. 키리에가 이곳에 있는 이상 치안 경찰은 아직 수색의 고삐를 늦추지 않았으리라.

리키와 가이는 서로 얼굴을 마주 보았다.

"안으로 들어가 있어. 얼굴도 보이지 말고 목소리도 내지 마."

자연스럽게 리키의 목소리도 낮아졌다.

"알았어."

살짝 굳은 얼굴로 고개를 끄덕인 후 가이는 침실 문을 열었다.

그 모습을 지켜본 후 리키는 인터폰 화면을 켰다.

상대가 누구인지 모르는 이상 섣불리 응답할 수는 없다.

그러나 디스플레이에 비친 인물은 완전히 뜻밖의… 아니, 어떤 의미에서는 미다스 치안 경찰보다 더욱 골치 아픈 인물이었다.

'…카체?'

어째서?

어째서 카체가 이 시간에 리키를 찾아온 걸까.

'미다스 치안 경찰'.

'키리에'.

'카체'.

불길한 카드가 연속으로 세 장 모였다. 지나치게 부자연스럽다.

첫 번째는 그저 우연이라도 두 번째는 필연이며 세 번째는 벗어날 수 없는 운명이 된다.

그저 '바보 같은 망상'이라고 코끝으로 비웃을 수 없는 비참한 상황을 리키는 실제로 체험했다.

보기에는 아무 관계 없는 듯해도 그것이 연쇄하여 생각지도 못한 화학 반응을 일으킨다. 그 기폭제가 키리에라는 느낌이 결코 리키의 망상만은 아니리라.

반쯤 무의식적으로 리키는 꿀꺽 마른침을 삼켰다.

한순간 정말 이대로 집에 없는 척해 버릴까… 라는 생각도 들었지만 옛 상사—'스카페이스'라는 이명을 지닌 카체를 상대로 그럴 만한 각오와 근성은 없었다.

"뭐야?"

스위치를 누르며 묻는 목소리가 볼썽사납게 목에 걸렸다.

『열어라. 할 이야기가 있다.』

카메라 아이를 똑바로 응시하며 카체가 말했다.

"미안. 내일 다시 찾아와. 몸이 안 좋아."

거짓말은 아니었다. 키리에와 같은 집에 있다는 사실만으로도 짜증이 나는데 거기다 카체 얼굴까지 보면 더더욱 기분이 안 좋아질 터였다.

『급한 일이다. 오래 걸리진 않을 거다.』

물론 그렇겠지. 급한 일이 아니라면 카체가 굳이 여기까지 찾아올 리가 없다. 그래서 더더욱 그 '급한 일'의 이유를 알고 싶지 않았다.

그 이상으로 리키는 복잡한 사연이 있는 카체와 아무것도 모르는 가이가 이런 곳에서 마주치지 않았으면 했다. 리키와 카체의 관계를 끈질기게 캐고 다니던 키리에는 지금 정상적인 상태가 아니지만 어쨌든 지난 몇 년간 있었던 일들을 가이에게 들키기라도 하면 상황은 더욱 복잡해질 것이다.

'정말… 최악이군.'

리키는 으드득 이를 갈았다.

그런 리키의 딜레마를 들쑤시기라도 하려는 걸까.

『열어라.』

카체의 목소리는 그 어느 때보다 차갑고 날카로웠다.

'젠장….'

결국 리키는 아무것도 못 하고 반쯤 자포자기 심정으로 전자 잠금을 해제했다.

이렇게 된 이상 일단 부딪혀볼 수밖에 없다. 하지만 아무리 생각해도 자신이 너무 불리했다.

문이 열리고 카체가 안으로 들어왔다. 그는 곁눈질도 하지 않고 단정한 걸음걸이로 리키에게 다가왔다.

아직 시퍼런 멍이 남아있는 리키의 얼굴을 보고도 카체는 눈썹 하나 까딱하지 않았다. 그뿐만이 아니었다.

"키리에를 찾고 있다."

서론이고 뭐고 모조리 뛰어넘더니 느닷없이 핵심을 찔렀다.

한순간 심장이 밑바닥까지 내려앉았다. 쿵쾅쿵쾅 빠르게 뛰는 심장 소리가 카체에게 들릴 것 같아서 리키는 꾸욱 입술을 깨물었다.

"짚이는 곳은 없나?"

"대체 뭐야… 다들 똑같은 걸 묻는군."

리키는 작게 중얼거렸다.

"그 녀석이 어디서 뭘 하든 내가 알게 뭐야."

그리고 치를 떨며 내뱉듯이 말했다.

"그 녀석과 난 아무 상관도 없어. 그 녀석은 우리와 한패가 아니야. 재앙 덩어리일 뿐이야."

침을 튀기며 역설해봤자 아무도 그 말을 믿어주지 않았지만.

분명 가이와 키리에는 숨을 죽인 채 카체와 리키의 대화에 귀를 기울이고 있으리라.

그 두 사람이 등 뒤에 있다는 불안과 빨리 카체를 쫓아내고 싶다는 초조함에 리키는 몸 안이 바싹 타들어 가는 기분이었다.

무엇보다도 상황에 따라서는 카체 입에서 언제 '이아손'의 이름이 나올지 모른다. 그렇게 생각하면 불안해서 손가락 끝이 싸늘하게 굳었다.

"그 얼굴의 멍은… 미다스의 DM이 한 짓인가?"

"모르는 게 없으시군?"

"모르는 게 없다면 내가 이런 곳까지 찾아올 필요는 없겠지."

그건 그렇다.

손쓸 수 없는 답답한 상황이기 때문에 카체가 골치 아픈 일의 뒤처리를 떠맡게 됐을 것이다. 그게 누구의 지시인지는 묻지 않아도 알 수 있었다.

바로 요전의 일이다.

『진짜로 키리에를 잡고 싶으면 위험한 물건을 휘두르며 쳐들어

오기 전에 해야 할 일이 있을 텐데. 우릴 끈덕지게 괴롭히기 전에 능력 있는 정보통이라도 고용해 봐. 돈이라면 썩어 넘치잖아? 우습게 보지 마. 당신들은 슬럼이 어떤 곳인지 너무 몰라. 그러면서 키리에를 잡으려고 하다니 안일하기는.』

MPC 본부에서 끓어오르는 분노를 담아 DM에게 그렇게 내뱉었던 사람은 다름 아닌 리키다.

그 때문에 카체가 이 일을 떠맡게 된 건지 아닌지는 모르지만 적어도 슬럼의 실정을 모르는 DM보다 카체가 몇 배나 만만치 않은 상대다. 그것만은 확실하다.

그렇다면 어떻게 하지?

생각해.

생각해라.

실수를 저지르지 않도록 긴장의 끈을 조여야 한다.

그러나 초조함 때문에 머리가 잘 돌아가지 않았다.

"인간은 궁지에 몰리면 반드시 옛 보금자리로 돌아오는 생물이지. 키리에는 정식 ID가 없는 잡종이니 케레스 외에는 그 어디에도 도망칠 곳이 없다."

근거 없는 빈정거림이라면 이쪽에서 한층 더 빈정거리며 배로 되갚아줄 수도 있지만 상대가 정론을 내세우면 무슨 말을 해도 사실을 흔들 수 없게 된다. 쓸데없이 입을 열면 오히려 제 무덤을 파게 되리라.

그것만은… 피하고 싶다.

키리에는 케레스에서 약간 활개를 치고 다닐 수 있게 되자, 자신이 출세했다고 어설프게 착각했다.

폐쇄감으로 가득 찬 슬럼에서 출세했다고 잘난 척해봤자 단순한 착각에 불과하다. 그런 사실도 깨닫지 못할 정도로 키리에는 한껏 들떠 있었다.

바보에겐 약도 없다—는 거다.

가이를 팔아넘기고 이아손에게 큰돈을 뜯어내는 바람에 더더욱 판단력이 흐려졌는지도 모른다.

진짜 성공한 자는 이 행성을 자유롭게 출입할 수 있는 ID를 손에 넣은 자들뿐이다. 예를 들어 카체처럼 말이다. 정작 카체 자신은 단 한 번도 자신이 성공한 자라고 말한 적이 없지만.

"잘난 척하며 삐딱하게 굴어봤자 키리에는 어차피 풋내 나는 어린애다. 그런 철부지 어린애는 혼자서는 어떻게 할 수 없는 상황이 되면 제일 믿음직한 녀석의 가랑이에 얼굴을 처박고 사지를 웅크린 채 꼴사납게 떨곤 하지."

가슴이 철렁 내려앉았다. 마치 지금 키리에의 상태를 알고 있는 듯한 말투였다.

"그게 나하고 무슨 상관인데?"

"키리에에게 바이슨은… 너라는 존재는 그만한 가치가 있지 않을까?"

"그건 당신 생각이고."

천천히 숨을 들이마시며 리키는 눈에 힘을 줬다.

여기서 물러날 수는 없다.

카체가 나선 이상은 불가능하다.

'몰라'.

'상관없어'.

'마음대로 해'.

이번 일은 이미 그런 식으로 어물쩍 넘어갈 수 없는 문제가 되어버렸다.

카체는 DM이 알려고도 하지 않았던 여러 사정을 모두 알고 있는 입장으로 이곳에 왔다. 아마도… 리키가 알고 싶지 않은 숨겨진 정보를 산더미처럼 끌어안고서.

방관자가 될 수 없다면 리키는 리키 나름대로, 카체는 카체 나름대로 대처할 수밖에 없다. 얼마나 대등하게 상대할 수 있을지는 모르겠지만….

"키리에가 이미 죽어버렸을지도 모른다는 생각은 안 해 봤어?"

"왜 그렇게 생각하지?"

"DM이 경계선을 넘어 쳐들어왔잖아? 쇼크 아이를 휘두르면서 키리에가 있는 곳을 불라며 우릴 실컷 괴롭혔지. 아까 당신이 그랬잖아. 슬럼 말고는 도망칠 곳이 없다고. 그럼 그 반대로 생각할 수도 있지 않아…?"

"반대로… 라."

이아손이 슬럼의 잡종치고는 놀랍도록 두뇌가 뛰어나다고 인정했던 남자… 카체. 그래서 이아손은 그를 생체 실험 연구실에 보내 조각조각 해부하는 대신 다른 방법으로 사용했던 것이다.

그런 말을 해 봤자 카체가 기뻐할 리 없다는 점은 알고 있지만, 어쨌든 그가 얼마나 유능한 남자인지는 과거 블랙마켓에서 운반

책으로 일했던 리키가 잘 알고 있었다. 그곳에서의 '유능'이란 표현이 '냉철'과 동의어라는 점도.

그래서일까.

눈싸움이나 주먹다짐으로는 지지 않을 자신이 있지만 카체를 상대로 책략이 필요한 말싸움을 벌여봤자 도저히 이길 수 있을 것 같지 않았다.

그래도 이제 와서 뒷걸음질할 수는 없다.

물러설 수 없다.

키리에를 위해서가 아니다. 리키에게는 아직 잃을 수 없는 게 있기 때문이다.

"그래. 나는 키리에 그 멍청한 녀석이 누구에게 두들겨 맞건 어디서 쓰러져 죽건 전혀 놀랍지 않아."

확률적으로 말하자면 말이다.

여기는 슬럼이다. 전혀 있을 수 없는 이야기는 아니다.

오히려 아주 흔하게 일어날 수 있는 일이다. 카체가 그렇게 생각하도록 만들면 그걸로 충분하다.

그러니까 대충 알아먹고 빨리 여기서 나갔으면.

리키가 카체에게 바라는 건 그뿐이었다.

"하지만 정보제공자에게 현상금을 준다면 이야기가 달라지지. 그렇게 생각하지 않나?"

"현상금…?"

"그래. 이대로 키리에의 행방을 찾지 못한다면 곧 그렇게 되겠지."

"농담… 이지?"

"뭐가?"

"뭐… 긴…."

이야기가 느닷없이 커지는 바람에 리키는 당황하고 말았다.

선제 펀치를 날릴 생각이었는데 멋지게 피했다기보다는 스치지도 못하고 오히려 뜻밖의 반격을 당한 기분이었다.

"생사를 불문하고 확실한 정보를 제공한 자에게는 돈을 지불한다, 그렇게 말하면 모두 눈에 불을 켜고 추적자가 되겠지. 그렇지 않나? 슬럼을 위기에 몰아넣은 극악무도한 인간을 돈에 팔아넘겨봤자 양심의 가책 따윈 조금도 없을 테니까."

카체의 말에는 막힘이 없었다.

그 말을 단순한 위협이라고 단정 지을 만한 근거가 리키에게는 없었다.

"그 돈은 누가 내는 거지?"

"케레스 보안국이겠지."

"어째서?"

"체면이 달려있으니까."

"어떤 체면?"

카체가 준비한 '대답'에 도달하기 위한 유도신문에 '걸리고 말았다'. 그런 생각이 들어서 견딜 수 없었다.

그러나 단순한 위협인지 어떤지 아무 확증도 없이 답을 끌어내려면 그 수법에 넘어가는 수밖에 없다.

"누가 미다스에서 슬럼의 잡종에게 카드를 도둑맞고 징징거리건

말건 그건 개인 책임으로 끝낼 수 있지만… 에어카 사고를 일으키고 관광객들을 말려들게 한 이상 문제는 전혀 달라진다."

"뭐?"

그런 이야기는 처음 들었다. 미다스 DM도 키리에도 그런 이야기는 한마디도 하지 않았다.

"메탈릭 실버의 스텔라 신형 모델은 졸부 취향의 키리에에게 아주 딱이지. 게다가 주문 제작 일련번호까지 있어. 그렇게 요란한 에어카는 사고를 내면 단번에 꼬리가 잡히게 마련이지."

카체의 말에 리키도 떠오르는 것이 있었다.

오렌지 로드에서 키리에가 자신을 기다리고 있었을 때 타고 왔던 에어카도 실버 바디의 신형 모델이었다. 그때 키리에는 일련번호가 있는 주문 제작품이라고 한껏 거들먹거리며 자랑했었다.

"보상금 문제도 있거니와 체면 문제도 걸렸으니 어느 쪽이든 이대로 넘어갈 수는 없을 거다."

미다스 치안 경찰이 혈안이 되어 키리에를 찾고 있는 이유.

"그게… 정말이야?"

꽤나 그럴듯한 이야기지만 그걸로 순순히 납득하기에는 잠들어 있을 때조차 악몽에 시달리는 키리에의 미치광이 같은 태도가 너무나도 기이하다.

그러자 카체는 서늘한 미소를 지었다.

"DM이 경계선을 넘어 슬럼에 쳐들어올 정당한 이유는 그걸로 충분하다고 생각한다만?"

냉랭한 카체의 포커페이스라면 지긋지긋할 만큼 많이 봤지만 이런 카체는 처음이었다.

지금까지 한 번도 본 적 없는 고혹적인 카체의 독에 중독당하기라도 한 것처럼 리키는 꿀꺽 마른침을 삼켰다.

"그럼… 영역도 다른 당신이 굳이 날 찾아온 은밀한 사정은 뭐지?"

카체가 목 안으로 쿡쿡 웃었다.

"넌 최고야, 리키. 어째서 그렇게 머리가 잘 돌아가는 걸까…."

그리고 곧 웃음을 거두었다.

"지금도 이런 생각을 하곤 해. 그때 좀 더 다른 선택지가 있었더라면… 어차피 아무 소용없는 생각이긴 하지만."

카체의 어조는 유난히 진지했다.

'이건… 반칙이야, 카체.'

리키는 씁쓸함을 삼켰다.

왜냐하면 그건 바로 리키가 스스로에게 묻고 싶은 말이었으니까.

하지만 아무리 후회해도 현실은 달라지지 않는다.

시간은 과거로 돌아가지 않으며, 이미 일어난 일을 없었던 걸로 만들 수는 없다.

한순간 리키와 카체의 시선이 허공에서 뒤얽혔다. 이아손의 속박 양끝에서 서로의 상처를 핥아주듯이.

"키리에는 어디 있지?"

"몰라."

물러설 수 없는 긍지가 맞부딪치듯 교차하는 시선은 날카롭고… 고집스러웠다.

"…그래. 그렇다면 할 수 없지."

먼저 입을 연 것은 카체였다.

"부스라도 주사해서 약간 취하게 만들어볼까."

리키는 반사적으로 눈을 크게 떴다.

"부스… 라는 게, 뭐… 지?"

"말하고 싶지 않은 사실까지 제 입으로 모조리 털어놓게 만드는 좋은 약이지."

아무렇지도 않게 말하며 카체는 가슴주머니 안에서 케이스를 끄집어낸 후 보란 듯이 휴대용 소형 주사기를 꺼냈다.

리키는 눈을 크게 뜨며 주춤 뒤로 물러섰다.

"무슨 생각이야, 당신."

설마 용의주도하게 그런 물건까지 준비했을 줄이야.

역시 리키와 카체는 경험치가 너무 다르다.

"최신형이다. 살짝 찌르기만 해도 금방 효과가 나타나지. 나는 너와 주먹다짐을 하고 싶지 않아."

"바보 같은 소리 하지 마. 나는 키리에가 어디 있는지 모른다고 했잖아."

"그러니까 그 점을 확인하겠다는 뜻이다. 정말 아무것도 모른다면 그렇게 펄쩍 뛸 필요 없지 않나?"

카체는 리키의 코앞에 정론을 들이밀었다.

"이리 와라, 리키."

단호한 명령조의 목소리는 이아손과 너무나도 흡사했다. 그 사실을 깨달은 순간 리키는 조건반사적으로 오한을 느꼈다.

굳이 카체가 나선 숨겨진 사정.

그 순간 리키의 머릿속에서는 여러 생각이 엇갈렸다.

'모르는 건 실토할 수 없다'.

그러한 사실이라든가.

'아는 게 없으면 자백을 하고 싶어도 못한다'.

원칙이라든가 하는 것들 말이다.

심지어 가이의 존재마저 완전히 사라지고 말았다.

"키리에는 대체… 무슨 짓을 저지른 거지? 당신은… '그 녀석은' 왜 그렇게까지 키리에의 행방을 알고 싶어 하는 거야?"

반쯤 신음하듯 리키는 그 말을 내뱉었다.

카체는 작게 중얼거리듯 목소리를 낮췄다.

"야심가 키리에는 출세하고 싶은 일념으로 '가디언' 소장의 아들을 유혹했다."

"가디언의…?"

갑자기 이야기가 샛길로 샌 것일까, 아니면 이게 진짜 이유일까. 리키는 더 이상 판단할 수 없었다.

"잠자리에서 쓸만한 정보라도 캐내 볼까… 그런 욕심 때문이었겠지. 세상 물정 모르는 도련님은 녀석과의 섹스에 푹 빠졌던 모양이야."

'진짜일까?'

설마… 정말로?

믿을 수 없어….

리키는 내심 놀라며 그 말을 삼켰다.

"그러다 두 사람은 데이트 겸 스릴을 맛보기 위해 출입 금지 구역인 지하를 탐험하기 시작했지. 그런데 그곳에는 남의 눈에 띄면 안 되는 게 있었던 거야."

순간 뒤통수를 얻어맞은 듯한 충격이 느껴졌다.

"아무리 무서운 걸 모르는 애송이라도 경악했겠지. 온실 속 화초 같은 도련님은 충격으로 정신 착란을 일으켰지만 키리에는 토사물로 뒤범벅이 된 상태로도 근성 있게 도망쳤다. 그렇게 된 거다."

문득 리키의 머릿속에 한 가지 기억이 떠올랐다.

과거의 가디언….

남들의 눈에 띄면 곤란한 것….

하루카.

융커.

라비.

셰르.

이름과 얼굴이 교차하며 과거가 단숨에 밀려들어 왔다.

『쓸쓸해… 아파… 무서워.』

『리키 넌 나를… 버리지 않을 거지?』

『너 때문에 나는 셰르를 잃었어. 그런데 너만 행복해지려고 하다니… 너무 불공평하잖아. 내가 잃어버린 만큼 너도 뭔가를 잃어야 해!』

『나 알고 있어. 리키한테도 가르쳐 줄게. 그럼 리키가 괴물을 물리쳐줄 거야. 왜냐하면 리키가 제일 크고, 강하고, 아름다우니까….』

현실이자 현실이 아닌—보이지 않는 위험.

소용돌이치는… 충동.

창백하게 일그러진… 플라스마.

매료된 듯 감응하는—고동.

그리고 무언가가… 리키의 목을 조이듯이 감겨들었다.

그때 가디언 소장이 뭐라고 했었지?

『보이는 힘과 보이지 않는 힘.』

그래… 분명 그런 말을 했었다.

키리에는 리키에게 보이지 않던 것을 본 걸까?

카체는 그게 무엇인지 알고 있을까?

어쩌면 키리에의 쥐어짜는 듯한 비명 밑바닥에도 신경을 긁어내리는 무언가가 들러붙어 있을지도 모른다.

문득 그런 생각을 떠올린 순간 차가운 것이 등줄기를 타고 흘러내렸다.

"키리에를 찾아서… 뭘 어쩔 셈이지?"

굳어버린 입술을 어색하게 핥으며 물었다.

"내 일은 키리에를 찾아서 넘기는 것. 거기까지다."

냉랭하게 대답을 회피하며 카체는 입을 다물었다.

"눈감아 달라고 부탁해봤자 소용없겠지."

"나도 아직 목숨은 아까우니까."

그 말 한마디에 리키는 어쩔 수 없이 이아손의 존재를 의식할 수밖에 없었다.

카체가 굳이 시간을 내서 리키를 만나러 온 이유.

"어디 있나?"

입술을 깨문 채 리키는 눈으로 어색하게 가리켰다. 침실 문 쪽을.

"…흠. 그런가."

순간 카체는 눈을 크게 뜨며 한숨을 쉬었다.

그리고 주사기 케이스를 다시 집어넣은 후 재빨리 모바일 워치를 조작했다.

곧 소리 없이 현관문이 열리고 우락부락한 남자 두 명이 들어왔다.

'카체 자식… 들어올 때 문에 손을 써뒀나 보군.'

정말 빈틈없는 인간이다.

남자들은 카체가 아무 말 하지 않아도 자신들이 해야 할 일을 확실하게 파악하고 있는지, 리키에게는 눈길조차 주지 않고 망설임 없이 침실로 향했다.

게임 오버.

체크메이트.

그런 것이다.

그리고 다음 순간.

"그만둬."

"싫어어어."

"놔."

"히이이이익!"

가이의 노성과 키리에의 비명이 교차하며 물건이 요란하게 부딪히는 소리가 들려왔다.

그러나 남자들의 목소리는 한마디도 들려오지 않는 점이 오히려 더 섬뜩했다.

"리키, 리키이이!"

절박한 가이의 외침.

반사적으로 고개를 들자 카체가 말없이 리키를 견제했다.

나서지 마라—하고.

리키는 발밑을 노려보며 주먹을 꾸욱 움켜쥐었다.

키리에가 울부짖는다.

가이가 고함을 친다.

그래도 리키는 움직이지 않았다. 아니… 움직일 수 없었다.

이윽고 노성과 비명이 뚝 끊겼다.

남자들이 침실에서 나왔다. 먼저 나온 남자는 들어올 때 없었던 커다란 짐을 어깨에 짊어지고 있었다. 딱 사람 하나가 들어갈 만큼 커다란 검은 자루를.

뒤따라 나온 남자는 등 뒤에서 가이의 양팔을 붙잡고 있었다.

남자는 호흡조차 흐트러지지 않았건만 가이는 몹시 지쳐있었다. 대체 무슨 짓을 당했는지 헉헉 거친 숨만 몰아쉴 뿐 목소리도 나오지 않는 모양이었다.

카체는 가이를 보고 한순간 눈을 가늘게 떴지만 그뿐이었다.

카체가 눈짓을 하자 남자가 가이를 풀어줬다. 순간 가이는 그

자리에 흐물흐물 주저앉았다.

"실례했다."

서늘한 목소리로 그 말만을 남긴 후 카체는 뒤도 돌아보지 않고 밖으로 나가버렸다. 뒤처리는 알아서 하라는 듯이.

그게 너무나도 카체다워서 입안이 씁쓸했다.

카체의 모습이 시야에서 완전히 사라진 후에도 그 씁쓸함은 가라앉지 않았다.

"왜… 어째서?"

한껏 억눌린 가이의 목소리에는 숨길 수 없는 분노가 담겨 있었다.

"왜 막지 않은 거야?"

그가 날카로운 목소리로 비난했다. 리키의 배신을….

"상대가… 너무 안 좋아. 카체가 나선 이상 무슨 짓을 해도 소용없어."

가이가 그런 리키의 멱살을 움켜잡았다.

"이건 뭔가 잘못된 거야."

평소에는 온화한 한 쌍의 호박색 눈동자가 분노에 타오르고 있었다.

"뭐가?"

"분명히 다른 방법이 있었을 거야."

"무슨 방법? 저쪽은 자백제까지 사용할 생각이었어."

그 순간 단순한 위협이 아닌 카체의 진심을 엿본 듯한 기분이 들었다.

"그런데 날더러 뭘 어쩌라는 거야."

리키는 내뱉듯이 말했다.

잘못을 저지른 사람은 리키가 아니라 키리에다.

그런 사실쯤은 너무나 잘 알고 있을 텐데도 가이의 분노는 리키를 향해 폭발했다. 리키는 그 점이 너무나도 불합리하게 느껴졌다.

가이는 으드득 이를 갈며 리키를 노려보았다.

분명 가이는 모른다. 얼핏 보기에는 섬세한 미청년으로밖에 보이지 않는 카체가 실은 얼마나 무서운 인간인지….

리키도 그 사실을 말해줄 생각은 없었다. 일단 말을 꺼내면 생각지도 못한 부분까지 털어놓게 될 것만 같은 기분이 들었다. 그게 제일 무서웠다.

"자기 앞가림은 자기가 하는 게 슬럼의 상식이잖아."

"그렇다고 그 녀석이 시키는 대로 한 거야?"

"그런 적 없어."

"없기는!"

"아니야."

"아니긴 뭐가 아니야!"

맞물리지 않는 대화에 짜증이 밀려왔다.

"너, 언제부터 이렇게 겁쟁이가 된 거냐."

짜증스럽게 자신을 비난하는 가이에게 리키는 차츰 울컥울컥 반발심이 치밀었다.

"요 3일 동안 나는 키리에를 어디다 버릴까… 오로지 그 생각만 했어."

그게 진실이었다.

키리에가 싫었다.

가이와… 가까이 두고 싶지 않았다.

그래서였다.

"그때 마침 타이밍 좋게 카체가 찾아온 거야. 문밖으로 쫓아내든 그 녀석 앞에 버리든, 결국 마찬가지야. 그게… 뭐가 잘못이지?"

일부러 못되게 말했다.

"전부 한꺼번에 처리해서 오히려 속이 시원해."

말이 끝난 바로 그 순간.

가이가 리키의 뺨을 후려갈겼다.

한순간 눈앞이 아찔해졌을 정도로 가차 없는 따귀였다.

'아… 파….'

맞은 뺨이 욱신욱신 아팠다.

처음이었다. 가이에게 맞은 것은…. 그렇게 생각하면 더더욱 가슴이 아팠다.

"슬럼에서 기어오르려면 깨끗한 일만 할 수 없다는 것쯤은… 나도 알아."

"그래. 기껏 움켜쥔 기회를 자신의 것으로 만들려면 뭔가를 버려야만 해. 나도 바이슨을… 그리고 너까지 버렸어. 그렇게 선택한 길인 만큼 자존심이고 오기고 다 버리고 살아갈 수 있을 줄 알았어. 그런데 결국 이런 꼴이 됐으니 나도 큰소리칠 자격은 없지만. 가이…, 아무 대가도 없이 기어오를 수는 없어."

키리에는 대가를 치른 것뿐이다. 자신이 저지른 짓의 대가는 누구도 대신 치러주지 않는다.

리키도 대가를 치렀다.

아니… 지금도 계속 치르고 있다. 리키는 3년 전에 깨끗이 치렀다고 생각했지만 이아손에게 그 생각은 통하지 않았다.

"그런 이야기가 아니야."

그러나 가이는 이해해주지 않았다.

"그럼 뭐야?"

"왜 막지 않고 잠자코 보고만 있었냐는 뜻이야!"

"키리에가 싫으니까. 그 녀석과 3일이나 한집에서 지내면서 얼마나 숨이 막혔는지 알아!"

내뱉는 말이 씁쓸했다.

"아무리 그래도, 어차피 소용없더라도 마지막의 마지막쯤은 키리에를 위해 싸워줄 수 없었어? 이건 너무 비참하잖아."

그렇다… 이게 가이다. 아무리 극악무도한 인간이라도 가이는 그 마음을 헤아려준다.

하지만 리키가 가이처럼 행동하기란 불가능하다.

설령 가이가 비참한 추태를 드러낸 키리에를 용서한다 해도 리키는 키리에가 한 짓을 용서할 수 없었다.

"키리에는… 잊어버려, 가이. 그게 제일 좋을 거야."

그저 자기 위안에 불과하다는 사실은 잘 알고 있지만.

"그런 모습을 보고도 어떻게 속 편하게 잊어버린 척할 수 있겠어?"

되돌아온 말은 예상했던 대로 신랄했다.

깊은 밤.

슬럼의 어둠은 무겁다. 미다스 공식 지도에서 영구 말소된 케레스에는 불야성의 화려한 네온 불빛이 멀리 밤하늘을 물들여도 떠들썩한 소음은 들려오지 않는다.

젠장.

젠장.

젠장.

리키의 집을 나와 씨근덕대고 걸으며 가이는 몇 번이나 욕설을 내뱉었다.

그렇게라도 하지 않으면 가슴에 쌓인 독이 목구멍을 태워버릴 것만 같았다.

왜, 어째서.

이렇게 된 걸까.

'때리고 말았다….'

리키가 너무 이해할 수 없는 말을 하는 바람에 그만 손을 올리고 말았다.

아니, 아니다.

이해할 수 없는 말을 해서 분노한 게 아니라 그저 너무 화가 났다. 초대받지 않은 손님에게 회유당해 완전히 무기력해진 리키의 태도 탓이었다.

'정말… 최악이다.'

무엇이 어디서부터 잘못되었나.

리키가 키리에를 싫어하는 줄은 잘 알고 있었다. 하지만 어제까지는 아무리 격정에 사로잡혔다 한들 저렇게까지 잔인하게 굴지 않았다.

오늘 밤도 조금 전까지는 평소의 리키와 똑같았다.

대체 뭐가 달랐던 걸까?

'그 녀석이다.'

리키가 '카체'라고 불렀던 스카페이스의 남자.

그 녀석이 나타나고부터 리키는 이상해졌다.

'누구지?'

슬럼의 주민은 아니다. 그렇지 않으면 그토록 미다스의 사정을 잘 알고 있을 리가 없다.

카체와 대치하던 리키는 그 어느 때보다 긴장한 듯이 보였다. 착각이 아니다. 리키의 목소리만 들어도 가이는 그 사실을 알 수 있었다.

그래서 오히려 더욱 이해할 수 없었다. 거친 일과는 전혀 인연이 없을 듯한, 호리호리하고 선이 가느다란 미청년으로밖에 보이지 않는 카체의 어떤 점을… 리키가 그토록 경계했는지 도무지 알 수가 없었다.

카체라는 자가 이야기한 놀라운 사실.

아니….

그게 사실인지, 아니면 아무 근거도 없는 거짓말인지.

가이는 그 진위조차 알 수 없었다. 이야기가 너무 뜬금없었기 때문이다. 미다스 에어카 충돌 사건은 그렇다 치더라도 가디언은 왜 갑자기 튀어나오는지….

그러나 가이에게는 뜻 모를 수수께끼일지언정 당사자인 키리에는 그 말의 의미를 너무나도 잘 이해한 모양이었다. 안 그래도 창백했던 키리에의 안색이 더더욱 창백해졌었다.

리키에게 비난받았을 때조차 저렇지는 않았다. 도리어 당당하게 자학적으로 굴 정도로 '여유'가 있었다.

그러나 카체가 뭔가를 말할 때마다 부릅뜬 두 눈은 광기로 물들었고, 발작을 일으킨 사람처럼 온몸을 떨었다. 만약 가이가 양팔을 붙잡고 수건으로 입을 막고 있지 않았더라면 찢어질 듯 비명을 질렀을지도 모른다.

'너, 그게… 사실이냐?'

저도 모르게 그런 말이 입 밖으로 튀어나올 뻔했다.

가디언 소장의 아들을 섹스로 유혹했다고?

농담이 아니라 진짜로?

3일 전에 리키가 좋다고 그렇게 울며불며 난리를 쳐놓고?

거짓말이지?

소장의 아들과 가디언 지하 탐험 데이트?

'뭐야, 그게.'

뜻밖이라기보다는 그야말로 어안이 벙벙했다. 이해의 범주를 가볍게 뛰어넘는 이야기였기 때문이다.

『뭘 모르는군, 가이. 이 녀석은 이용할 수 있는 거라면 뭐든지 이용할 수 있고, 누구든지 팔아넘길 수 있어. 그런 녀석이야. 지금도 무슨 생각인지 알 게 뭐야.』

리키의 말이 새삼 가슴에 꽂혔다.

가이도 키리에의 교활한 성격은 지겨우리만치 잘 알고 있다고 생각했지만… 아무래도 자신은 스스로 생각보다 훨씬 물러터진 성격인 모양이다.

에어카 사고.

가디언.

소장의 아들.

털어서 나는 먼지 수준이 아니다. 키리에에게서는 생각지도 못한 비밀이 후두두 떨어졌다.

만약 카체라는 자의 말이 사실이라면 키리에는 꽤나 위험한 일에 발을 들여놓았던 셈이다.

아니.

그게 사실이라고 확신할 수 있는 무언가를 리키는 알고 있었다. 아마도 가디언과 관련된 어떤 사실을. 그래서 키리에를 쉽게 넘겨버렸던 것이리라.

가디언 지하에 있는, 사람들의 눈에 띄면 안 되는 것.

'뭘까?'

소장의 아들이 그로 인해 착란을 일으키고 키리에를 그토록 겁에 질리게 만들었던 것.

'그건… 뭘까?'

가디언에는 어떤 비밀이 숨어있는 걸까.

그걸 생각하면 왠지 참을 수 없는 초조함이 밀려온다. 리키가 자신에게는 말하지 않은, 또는 '말할 수 없는' 커다란 비밀을 안고 있음이 느껴져서.

그렇다면 미다스에서 벌어진 사건도 가디언의 사정도 지나치게 잘 아는 그 남자는 대체 누구일까.

지금은 키리에보다 그자의 정체가 더욱 신경 쓰였다.

『너는 최고야, 리키.』

그렇게 말했을 때, 서늘했던 남자의 목소리에 한순간 인간적인 감정이 묻어났다.

기분 탓이 아니다. 가이는 분명히 느꼈다.

『그때 좀 더 다른 선택지가 있었더라면….』

안타까운 갈망의 감정을….

카체가 말한 '선택지'란 대체 뭘까?

그 녀석은 대체… 누구일까?

그때 문득 가이는 새삼스레 깨달았다. 그 남자가 리키의 집을 나갈 때까지 리키가 단 한 번도 남자의 이름을 부르지 않았다는 사실을.

『당신.』

두 사람이 대화를 나누는 동안 리키는 계속 남자를 그렇게 불렀다. 남자가, 카체가 리키를 아무렇지도 않게 '리키'라고 부른 데 비해 몹시 대조적이다.

그러고 보니 리키가 그 남자를 '카체'라고 부른 것도 단 한 번뿐이었다.

『상대가… 너무 안 좋아. 카체가 나선 이상 무슨 짓을 해도 소용없어.』

단지 그것뿐.

카체라고 불리는 스카페이스의 남자.

'그자는… 대체 누구지?'

마지막의 마지막에야 단 한 번 가이에게 흘낏 시선을 던지던 남자. 가이에게는 단 한 조각의 관심도 없다는 사실을 뼈저리게 느끼지 않을 수 없었다. 그 냉담한 시선이 가슴에 꽂혀 불길한 미열을 일으켰다.

'정말… 기분 더럽군.'

그렇다….

화가 났다.

그 남자가 리키를 '너'라고 부른 점이, 날카로운 어조 속에 언뜻언뜻 엿보이는 친밀함이.

초조했다.

두 사람이 가이가 모르는 세계를 공유하고 있는 점이.

질투했다.

'그자는… 혹시 리키의 3년간을 알고 있을까?'

그 의문이 머릿속 한구석에 들러붙어 떨어지지 않았다.

가이가 모르는 리키의 3년간.

그 시간을 남자가 알고 있을지도 모른다고 생각하니 가이의 가슴 안쪽에서 무언가가 술렁거렸다.

그날 밤.

결국 리키는 한숨도 자지 못했다.

눈을 떠도 감아도 똑같은 얼굴이 아른거렸다.

가이의 사나운 눈빛과 겁에 질려 초췌해진 키리에의 얼굴. 그리고 카체의 냉랭한 포커페이스가….

몇 번이나 몸을 뒤척여도 얕은 잠조차 찾아오지 않았다. 입술에서 흘러나오는 거라곤 무거운 한숨뿐.

'젠장… 내가 왜 키리에 그 빌어먹을 놈 때문에 이런 기분을 느껴야 하는 거야?'

머릿속은 이제 엉망진창이었다.

아무것도 제대로 생각할 수 없었다.

그저 이유를 알 수 없는 씁쓸한 뒷맛만이 앙금처럼 침전하여 쌓일 뿐이었다.

오늘도 비가 내렸다.

살을 엘 듯이 차가운 바람에 실려 옆으로 들이치는 비.

다 무너져가는 벽을, 황폐한 폐허를, 오물로 범벅된 뒷골목을 아무리 거세게 두드려도 아직 부족하다고 아우성치듯이 격렬한 비였다.

카체가 키리에를 데려간 지 3일이 지났다.

그동안 마치 리키를 책망하듯이 비는 지긋지긋하게 그치지 않고 쏟아졌다.

그 후로 가이와는 만나지 못했다.

두 번쯤 전화를 걸어봤지만 받지 않았다. 우연히 타이밍이 좋지 않았던 것뿐일까. 아니면 머리를 식히기 위해 잠시 혼자만의 시간을 갖고 있는 걸까. 아니면 고의로 피하는 걸까.

둘 사이에 맺힌 응어리는 풀어지기는커녕 완전히 뒤틀려버렸는지도 모른다. 하지만 늦건 빠르건 어차피 언젠가는 끝내야 하는 관계였다.

그렇게 생각하며 리키는 억지로 자신을 납득시키려 애썼다. 그러지 않으면 숨이 막혀서 견딜 수 없을 것만 같았다.

'이제 이 집과도 영원히 안녕이구나….'

미리 처분을 마친 집을 한 바퀴 둘러보며 리키는 미련이 묻어나는 한숨을 쉬었다.

슬럼으로 돌아온 후 고작 1년 반. 팔다리를 뻗고 심호흡은 할 수 있을지언정 되찾았다고 생각했던 자유를 만끽할 만한 여유는 없었다.

앞으로 느긋하게… 그것은 두 번 다시 이루어질 수 없는 꿈이 되었다.

'왜 나지?'

벌써 몇 번이나 되풀이했던 물음이었다.

'왜 하필 나야?'

되풀이해봤자 아무 소용없는 발버둥이라는 사실쯤은 잘 알고 있었다.

다리 사이에서 부드럽게 살덩어리를 조이는 펫 링의 차가운 감촉이 그 현실을 가르쳐줬다.

게다가 그때.

리키는 자신의 입으로 분명 이아손에게 애무를 졸랐다. 이성도 의지도 자존심도, 굶주린 펫의 성적 충동 앞에서는 한없이 무력했다.

어느샌가… 3년 동안 자신은 이토록 길들여졌던가. 그 사실을 새삼 깨달은 기분이었다.

다시 시작할 수 있다고 자만했던 자신이 비참했다.

쾌감은 서서히 사지를 잠식하고 미끌거리며 등줄기를 타고 기어올라와 단숨에 뇌수를 파먹는다.

이성도 논리도 통하지 않는다. 변명조차도….

그렇기에 그 자극은 단순하고 강렬하며 심지어 탐욕스럽기조차 하다.

리키는 몸 안에 그렇게 위험한 것을 키우고 있다.

앞으로 이아손에게 안길 때마다 그것은 환희의 포효를 지르리라. 그리고 언젠가… 자의식의 껍질을 뚫고 나와 자신을 통째로 집어삼키지 않을까.

한순간 공포인지 혐오인지 알 수 없는 망상에 사로잡혀 리키는 뺨을 굳혔다.

'바보같이. 내가 대체 무슨 생각을 하는 거야….'

하지만 그 생각을 확실하게 부정할 수 없는 동요가 리키를 격렬하게 뒤흔들었다.

오후가 지나도 빛줄기가 찾아들 기색이 보이지 않았다.

리키, 20세의 겨울.

거듭 몰아친 폭풍은 지나갔지만 아직 여명은 멀기만 했다.

# 3장

화려함을 배제하고 기능미와 차분함이 느껴지는 색채로 통일한 이아손의 집무실.

그때.

의자에 깊숙이 등을 기댄 채 스크린에 비춰지는 마켓 정보를 바라보던 이아손은 시야 끄트머리에서 개인 호출 신호가 깜빡이는 것을 발견하고 입가에 살짝 미소를 지었다. 그 호출 신호는 리키에게 준 GPS 기능이 탑재된 휴대 전화로 걸려온 것이었기 때문이다.

책상 위의 영상 전화를 켰다. 어차피 리키의 PP(퍼스널 폰)는 음성 통화만 가능하지만.

"뭐냐?"

『나야.』

"마무리는 지었나?"

『그래….』

서로 이름도 부르지 않고 담담하게 대화를 주고받았다.

"알았다."

화면에 미다스 지도를 표시한 후 재빨리 리키의 위치를 확인했다.

"곧 캡슐카를 보내겠다. 거기서 움직이지 마라."

그렇게 말하며 이아손은 키보드를 조작하여 수배를 마쳤다.

『번호는?』

"T=085다."

『알았어.』

최소한의 필요한 대화를 끝으로 전화가 끊겼다.

하나를 듣고 열을 아는 카체의 두뇌는 그 누구보다도 명석하지만 5년이나 전속 퍼니처로 곁에 뒀기 때문일까, 뿌리 깊은 두려움의 대상인 이아손에게는 언제나 절대복종한다.

타나그라의 블론디를 상대로 비굴하게 굴지도 않고 반말을 내뱉는 슬럼의 잡종은… 설령 그것이 비뚤어진 오기에 불과하다 해도 그야말로 희귀한 존재다. 이아손 자신이 그 점을 묵인하고 있는 시점에서 이미 있을 수 없는 기적인지도 모르지만.

'우여곡절은 있었지만… 결과만 좋으면 그만이지.'

내심 혼잣말을 하며 이아손은 서랍에서 백금의 합금으로 만든 작은 사슬이 달린 검은 가죽 목줄을 꺼냈다.

'Z-107M'.

금색 각인이 새겨진 그것은 4년 반 전 이아손이 리키를 위해 주문한 목줄이었다.

에오스에서 사육되는 펫은 정식 펫 링을 얻을 수 있는 데뷔 파티에 참석할 때까지 어디에 가더라도 목줄을 착용하는 것이 규칙이다.

에오스의 모든 시큐리티는 ID 대신 펫 링이 대행하기 때문이다. 펫 링이 없는 자는 에오스의 정식 주민으로 인정받지 못하며 방에서 한 발자국도 나갈 수 없다.

즉 목줄을 착용한 펫은 누가 봐도 신참이라는 사실을 알 수 있다는 뜻이다. 그 때문에 다소 실수를 해도 목줄을 착용하고 있으면 용서받는다.

말하자면 신규 펫이 한정된 기간 동안 환경에 적응하기 위해 착용하는 필수불가결한 아이템이 바로 '목줄'인 셈이다.

물론 목줄을 착용하는 기간은 길어야 보름 정도가 에오스의 상식이다. 반년이나 줄곧 목줄을 차고 다녔던 펫의 수치, 부끄러움도 모르는 뻔뻔한 펫은 리키뿐이었다.

'거칠고, 더러울 뿐만 아니라 아무 조교도 되어 있지 않은 최악의 쓰레기라….'

그 당시의 기억을 떠올리며 이아손은 쓴웃음인지 뭔지 알 수 없는 미소를 지었다.

'거친' 점은 어떠한 유전자 조작도 되어 있지 않다는 증거이며, '더러운' 점은 기피해야 할 존재라는 멸시의 표현이다. 소리 높여 '최악의 쓰레기'라고 외치는 이유는 자신들의 정체성을 위협하는 리키에 대한 질투와 적의를 표출하기 위해서다.

슬럼의 잡종을 펫으로 삼는 것은 에오스 역사상 최대의 스캔들이다. 물론 이아손의 경우 어디까지나 확신범이었지만.

『그런 쓰레기를 에오스에 데려오면 이아손 밍크의 이름이 울 거다.』

라울은 신랄하게 쓴소리를 던졌다.

실제로 리키와 관련된 소동은 일상다반사라 해도 과언이 아니었으며 리키가 펫으로 사육당하던 3년 동안 나태한 평온에 길들여져 있던 에오스는 매일같이 추문에 휩싸였고, 자극으로 가득해졌었다.

– '혈통'이 좋을 것.
– '아름다울' 것.
– '순결'할 것.

펫이 지녀야 할 3대 미덕을 모조리 짓밟는 슬럼의 잡종은 그야말로 일촉즉발의 지뢰였다.

그로부터 4년 반.

이아손이 리키를 만난 것은 그보다 훨씬 전의 일이었으나 슬럼과는 또 다른 음란한 폐쇄감에 질식하기 일보 직전이었던 리키는 고향에서 보낸 1년 반이라는 시간 동안 전보다 더욱 날카롭게 벼려졌다.

아니… 오히려 예상외로 금욕적이기까지 했다.

그러나 리키의 몸은 지독하게 굶주려 있었다. 이아손이 요 1년 반 동안 리키를 향한 굶주림과 갈증을 자각했던 바와 마찬가지로.

1년 반 동안 슬럼에서 생활하며 두 눈에 잡종다운 패기는 되돌아왔지만 흠뻑 스며든 펫의 독은 빠져나가지 않은 채 몸 안 깊숙이 침전해 있었다.

"과연… 이번에는 어떤 폭풍이 몰아칠까. 볼만하겠군."

조용히 중얼거리며 이아손은 목줄을 만지작거렸다.

리키의 펫 등록은 말소되지 않았다.

이미 ID 대용 펫 링도 몸에 끼워줬다.

그러나 에오스에 들어오기 전까지 쓸데없는 소란은 피하고 싶다.

에오스에서 사육되는 펫이 밖으로 나갈 수 있는 것은 등록이 말소되어 폐기처분 될 때뿐이다. 그 통례를 깬 유일한 펫이 바로 리키다.

슬럼의 잡종인 리키는 펫 법의 규격에서 벗어난다. 에오스에 데리고 돌아오는데 법적으로는 아무런 문제도 없지만 말썽을 피하기 위해서는 나름대로 준비가 필요하다.

리드가 달린 목줄도 그러기 위해 필수 불가결한 아이템이다. 물론 또다시 목줄에 묶여야 한다는 사실을 알면 리키는 노골적으로 싫어하겠지만.

그 모습을 떠올리며 이아손은 천천히 일어서서 리키를 맞이하기 위해 방을 나섰다.

미다스 에어리어-3 'MISTRAL PARK(미스트랄 파크)' 제노바.

거대한 컨벤션 센터가 늘어서 있는 빌딩 숲을 멀리서 바라보며 리키는 PP의 스위치를 껐다.

미다스 공식 지도상, 미스트랄 파크 안에서도 슬럼과 가장 가까운 곳은 바로 제노바다. 그 때문에 15:00만 지나도 인적은 거의 찾아볼 수 없다.

관광객을 대상으로 하는 안내서를 보면, 길 하나만 벗어나도 위험한 구역이라고 지정되어 있기 때문에 24시간 무료로 각 에어리어를 돌아다니는 셔틀버스도 이 구역만은 다니지 않는다.

기껏해야 아주 드물게 호기심 많은 자들이 스릴을 즐기기 위해서 에어 택시를 타고 경계선 근처를 비행하는 정도다.

따라서 누구에게도 들키지 않고 이아손에게 연락하기에는 최적의 장소라고 할 수 있다.

일단 케레스를 떠나 미다스 지역에 들어가지 않으면 이아손이 준 PP는 사용할 수 없다. 주파수를 조정할 수 없기 때문이 아니라 미다스와 케레스 사이에는 언제나 통신방어망이 작동되고 있어서다.

대지 위에 케레스와 미다스를 구분하는 경계선이 있지만 슬럼의 주민을 위협하는 삼엄한 출입문이 존재하지는 않는다. 그러나 실질적으로 케레스는 미다스에서 어떠한 정보도 얻을 수 없게 만들어져 있는 것이다.

그야말로 격리된 육지의 고도(孤島)와도 같은 상태다.

미다스의 정보를 손에 넣고 싶다면 스스로 나서서 그 '눈'과 '귀'와 '발'로 수집할 수밖에 없다.

그 때문에 슬럼에서 수파르나(정보상)의 수요는 높다. 물론 그 정보에 일률적인 기본요금 따위는 없기 때문에 대부분 가격은 교섭에 달려있다.

리키는 에어 바이크를 타고 제노바로 날아왔다. 물론 에어 바이크에 귀소 기능 따위는 없으므로 이아손이 보낸 캡슐 카가 오면 버리고 가는 수밖에 없다.

버리더라도 곧 누군가가 주워가리라. 개조한 에어 바이크는 지위의 상징이나 다름없다. 아니면 녹슬기 전에 고철상에 팔려갈지도 모른다.

그렇게 생각하며 리키는 담배에 불을 붙였다.

할 일이 없으면 왠지 담배를 피우고 싶어진다.

아니… 그게 아니다. 돌아가는 것이 전혀, 조금도 내키지 않기 때문이다.

리키의 목에는 이미 목줄이 채워져 있다. 눈에 보이지 않는 그 사슬 끝은 이아손이 쥐고 있다. 4년 반 전부터 계속….

'왜?'

'어째서?'

그런 건 생각해봤자 소용없다는 사실을 깨달았다.

뭘 어떻게 자문해도 리키가 원하는 답은 얻을 수 없다. 그 사실을 알게 되었기 때문이다. 그렇다면 이제 똑바로 마주할 수밖에 없다.

한 개피를 피웠을 때 T=085 무인 캡슐 카가 다가왔다.

가벼운 배낭을 움켜쥐고 차에 올라탔다.

어디로 가는지 지정된 장소를 확인할 생각도 없이 리키는 문이 닫히자마자 시트를 젖히고 눈을 감았다.

몇 분 후… 어쩌면 십분 남짓이 지났을지도 모른다. 캡슐 카는 조금의 흔들림도 없이 미끄러지듯 부드럽게 멈췄다.

요금은 당연히 선불로 지급되었다고 말하듯 문이 열렸다.

리키는 이곳이 어느 에어리어의 어떤 곳인지 전혀 관심이 없었다. 왜냐하면 이곳은 숨 막히는 우리와 이어지는 중계 지점에 불과하기 때문이다.

리키는 그저 캡슐 카에서 내려 다음 지시가 내려올 때까지 이곳에서 기다리기만 하면 된다.

그때 마치 타이밍을 재고 있었다는 듯이 PP가 울렸다.

『도착했나?』

"응."

『그럼 로열 센터 빌딩 최고층 3호실로 와라.』

가라—가 아닌.

와라.

즉 이아손은 이미 그곳에서 리키를 기다리고 있다는 뜻이다.

'고작 펫을 맞이하기 위해 블론디 님께서 직접 행차하시다니.'

웃을 수 없는 농담이다.

그러나 블론디의 규격에서 벗어난 이아손의 언동도 이제는 새삼스러웠다.

자신의 상식에… 가치관에 이아손의 행동 패턴을 끼워 맞추려고 하니까 그 간극에 짜증이 나는 것이다. 그 사실을 리키는 겨우 깨달았다. 깨달아봤자 이해할 수는 없지만.

"입구의 시큐리티는?"

로열 센터 빌딩이 어떤 목적으로 사용되는지는 몰라도 어느 빌딩이나 입구의 시큐리티 체크는 당연한 상식이다.

미다스 입국 관리 게이트에서 발부하는 출입증만 있으면 그 레벨에 따라 어디든 출입할 수 있지만 출입증이 없는 자, 또는 지정 구역 이외에 출입하려는 자는 즉각 구속된다.

『문제없다. 너의 펫 링 넘버는 이미 인증을 마쳤다.』

"룸 입실 코드는?"

『카메라 아이가 왼쪽 눈의 홍채를 확인할 거다.』

"알았어."

더 이상 쓸데없는 질문을 하는 대신 리키는 PP로 지정된 빌딩을 검색하여 그 위치를 머릿속에 완벽하게 입력한 후 흔들림 없는 걸음걸이로 걷기 시작했다.

미다스를 찾아오는 관광객들에게는 어떠한 언어에도 대응할 수 있는 극소 단말 모바일—음성 내비게이션을 무료로 대여해 주지만 에어 바이크를 타고 폭주하는 일상에 익숙한 슬럼의 잡종에게 그런 물건은 필요 없다. 일반 평면도만으로도 충분히 목적지를 찾아갈 수 있다.

그 정도도 못해서야 싸움 중에 상대를 때려눕힐 수 없다는 의미이기도 하다.

타나그라는 미다스와 달리 시큐리티가 한층 엄중하다. 각 에어리어마다 ID 체크도 계급이 제한되어 있다. 그래서 리키도 다짜고짜 캡슐 카에 실어 에오스로 데려왔을 거라고는… 생각하지 않았다.

그러나.

설마.

일반적인 ID 체크보다 더욱 엄중한 생체 인식 코드를 필요로 하는 최상층의 지정된 방에 이아손 이외의 인물이 있으리라고는 생각지도 못했다.

놀라웠다.

당황스러웠다.

심장이 철렁… 내려앉았다.

정말 놀라웠다.

게다가.

그곳에 있는 자들은 분명 펫 경매에서 막 낙찰된 듯이 일련번호가 붙은 이들이었다.

얼핏 둘러봐도 십수 명은 되어 보였다.

'…뭐지?'

무심코 당황하며 눈을 크게 떴다.

방을 잘못 찾아왔을 가능성이 전혀 없다는 사실쯤은 알고 있지만 리키는 눈앞의 광경이 질 나쁜 블랙 유머처럼 느껴져서 견딜 수 없었다.

그때.

그중 한 명이 느닷없이 성큼성큼 다가왔다.

"야, 너. 목말라. 마실 것 좀 가져와."

이어서 오만하게 말했다.

머리카락도 눈동자도 옅은 푸른색 소년. 변성기 전의 높은 목소리를 보아하니 나이는 10세 전후일 것이다.

아직 어떠한 손때도 묻지 않았으련만 벌써부터 오만하고 무례한 펫의 자질이 엿보였다.

무치(無恥)와.

무지(無知).

혼자서는 아무것도 할 수 없는 무능력이 '미덕'으로 간주되는 이질적인 존재.

목에 걸려있는 ID 태그는 검은 바탕에 'ELIPHAS'의 각인이 있다. 즉 타나그라의 행정관인 오닉스(흑발) '엘리파스'의 소유물이라는 뜻이다. 태그 뒤에는 아마 그 자신의 일련번호도 새겨져 있으리라.

보통 펫의 '이름'은 데뷔 파티 때 처음으로 발표된다. 그때까지는 생산 센터의 이니셜 넘버로 불린다.

에오스에 오자마자 처음부터 '리키'라고 불린 펫은 리키뿐이라고 당시 퍼니처가 가르쳐줬다.

즉, 규격 외의 존재….

그때 리키는 다릴이 자신을 슬럼의 잡종이라고 조롱하는 줄 알았다. 그것이 그저 콤플렉스로 인한 착각에 불과하다는 사실을 안 것은 카체에게 에오스의 퍼니처가 모두 '가디언'에서 조달되었다는 이야기를 들었을 때였다.

경매에 출품된 펫은 모두 노출도가 높은 의상—남녀 전부 간신히 성기만 가린 채 다른 곳은 모두 하늘하늘하고 속이 훤히 비치는 의상을 입고 있다. 그 속에서 바지는 물론 재킷까지 입고 있는 리키는 어엿한 '성인'이자 그들의 시중을 들어줄 사람으로 보였는지도 모른다.

테이블에 놓여있는 음료수 병도, 오르되브르 접시도 이미 텅 비어 있었고 유리잔 또한 어지럽게 널려 있었다.

어떻게 할까….

한순간 그렇게 생각하며 리키는 천장의 중앙에 있는 구체형 감시 카메라를 응시했다.

어차피 이곳의 모습은 다른 방에서 모니터로 지켜보고 있을 것이다.

'어떻게 하지?'

리키를 여기로 부른 행동에 숨은 뜻이라도 있는 걸까?

아니면.

혹시 이건 무슨 테스트 같은 걸까?

그것도 아니면.

리키는 잠시 망설였다. 에오스로 돌아가는 것뿐인데 이아손은 대체 무슨 생각을 하고 있는 걸까….

모르겠다.

읽을 수 없다.

'대체 나한테 뭘 시키고 싶은 거야?'

아무 언질도 없이 다짜고짜 시작된 서프라이즈에 대체 어떻게 반응하면 좋을까.

'설마… 나더러 이 어린애 집단을 돌봐 줘라, 이건가?'

한순간 말도 안 되는 망상에 사로잡혀 리키는 심술궂게 웃었다.

그야말로 블랙 유머다.

앞으로 그들을 기다리고 있는 에오스가 어떤 곳인지, 그 추악하기 짝이 없는 실태에 대해 이야기하라면 얼마든지 폭로해 주겠다만.

그런 생각을 시선에 담아 모니터 카메라를 노려봐도 아무런 반응이 없었다.

'이거 그냥 장식은 아니겠지.'

그때 엘리파스의 펫이 짜증난 듯이 리키의 다리를 걷어찼다.

"야, 내 말 안 들려?"

소년은 눈을 치뜨며 리키를 노려보았다.

저 가냘픈 다리로 걷어차 봤자 별로 아프지 않다.

『눈에는 눈, 이에는 이. 덤으로 뼈와 살까지.』

그렇지만 슬럼의 잡종에게는 조건반사적으로 그러한 철칙이 새겨져 있다.

'이 빌어먹을 꼬맹이가.'

눈에 힘을 주고 물끄러미 노려보자 엘리파스의 펫은 겁을 먹은 듯 얼굴을 굳히며 주춤주춤 뒷걸음질 쳤다.

'아차.'

리키는 작게 혀를 찼다.

아직 아무것도 시작되지 않았는데 겁을 먹게 해서야 아무래도 좋지 않으리라.

'뭐, 좋아. 음료수 정도는 서비스해 주지.'

버르장머리 없는 꼬맹이를 길들이는 것은 리키의 역할이 아니고 묻지도 않은 것을 가르쳐줄 필요도 없다. 돌아가기 전에 쓸데없는 소란의 씨앗을 뿌리는 것도 딱히 바라는 바가 아니다.

일단 재킷을 벗어서 빈 의자에 걸어놓은 후, 리키는 아무 말 없이 방 안쪽의 카운터로 걸어갔다. 그리고 그곳에 설치된 자동 음료 기계에서 적당히 주스를 골라 유리잔에 따랐다.

그것을 카운터 테이블에 올려놓자 엘리파스의 펫뿐만 아니라 다른 아이들도 일제히 우르르 몰려왔다.

"나도 줘."

"난 캐미."

"나는 체오리."

"나는 밀이 좋아."

아이들은 소리 높여 자기 먼저 달라고 주장하기 시작했다.

한순간 어안이 벙벙하던 리키는 곧 시끄럽게 떠드는 펫들에게 호통을 쳤다.

"시끄러워!"

아랫배에 묵직하게 울리는 그 목소리에 펫들은 즉각 입을 다물었다.

리키는 아마도 지금까지 큰소리로 혼나본 적이 단 한 번도 없을 아이들을 훑어보았다.

"순서대로 한 사람씩. 먹고 싶은 녀석은 빨리 줄 서."

그렇게 말하며 거만하게 턱을 추어올렸다.

역시 자신은 아이들 돌보기에는 소질이 없다는 점을 자각하면서….

그 무렵, 다른 방의 모니터 룸.

"자네 펫은 정말 재미있군."

에오스 총괄책임자, 블론디 오르페 자비가 소파에 깊숙이 몸을 묻은 채 입가에 우아한 미소를 짓고 있었다.

"좋은 쪽으로든, 나쁜 쪽으로든 우리 예상을 보기 좋게 배신해 주는군."

길고 부드러운 손가락으로 화려한 금발을 쓸어 올리는 몸짓은 너무나도 요염하여 그야말로 가인이라 부르기에 손색이 없었다.

외면도 내면도 예리한 칼날 같은 이아손이 제왕(아이스 노블)이라 불리는 것과는 대조적으로 오르페가 아름다운 귀인(엘레강트 노블)이라고 불리는 이유는 바로 그 때문이었다.

"녀석은 규격에서 벗어난 잡종이니까."

아무렇지도 않게 대답하며 이아손은 스크린을 응시했다. 스크린에는 아직 '이름'도 없이 일련번호로 불리는 펫들에게 묵묵히 음료수를 서비스하는 리키의 모습이 비치고 있었다.

실은 리키가 설마 시중드는 사람 취급을 받고도 화를 내지 않고 그 역할을 해내는 모습은 상상조차 하지 않았다. 아니, 어쩌면 이렇게 모니터로 관찰하고 있다는 사실을 간파하고 비꼬기 위해 저런 행동을 하는 확신범일지도 모른다.

이아손은 내심 쓴웃음을 지었다.

'세월이란 정말로 인간을 성숙시키는 묘약과도 같군….'

펫 링을 벗기고 슬럼에서 잠시 숨을 돌리게 했던 시간. 그 1년 반의 공백에 가치가 있었다. 적어도 이아손에게는.

"한마디로 주인을 닮았다 이건가?"

오르페가 부드럽게 독설을 내뱉었다.

"쓸데없는 소란을 피하고 싶은 것뿐이겠지."

그러나 이아손은 가볍게 받아넘겼다.

"펫 법의 허점에 파고들어서 1년 반이나 마음껏 슬럼에서 활개를 치고 다니도록 풀어놓았던 자네의 악랄함을 가지고 새삼 뭐라고 할 생각은 없어. 덕분에 완벽하다고 생각했던 것에도 나름대로 맹점이 있다는 사실을 충분히 알게 됐으니까 말이야."

온화한 어조와는 달리 오르페는 말속에 있는 뼈를 숨기려고도 하지 않았다.

그 말이 단순히 펫 법만을 가리키는 것이 아니라 소위 '다릴 사건'이라고 불리는 리키의 도주극, 즉 에오스의 시큐리티 문제도 포함하고 있음은 상상하기 어렵지 않았다.

오르페에게 그 사건은 그야말로 통한의 오점이었다.

이아손은 짐짓 아무것도 모르는 시늉을 해 보였다.

"그 말은 즉, 그 녀석을 에오스로 데려가도 아무 문제 없다, 이 말인가. 그렇게 생각해도 되겠나?"

그렇게 앞서 언질을 받아두려 했다.

에오스를 통치하는 오르페의 권한은 무시할 수 없다. 안 된다고 하면 다른 방법을 찾아보면 그만이지만.

"안 된다고 해도 자네는 순순히 물러나지 않겠지. 게다가…."

살짝 말꼬리를 흐리며 오르페는 입가에 부드러운 미소를 지었다.

"자네의 펫이 다음에 무슨 짓을 저지를지, 나도 상당히 흥미가 생기는군."

단순한 빈정거림이 아니었다. 이아손은 그 말에 담겨있는 진심을 예리하게 감지했다.

고분고분하게 길들여진 어린양 무리 속에 단 한 마리 야생 동물을 풀어놓기만 해도 그 무리의 양상은 급격하게 변화한다.

리키가 펫으로서 에오스에서 사육당했던 3년 동안, 계기는 제각각 달라도 그 자극은 화학 반응처럼 펫들의 감정에 크나큰 변질을 가져왔다. 이아손의 예상 이상으로.

동시에 그것은 변함없는 '평온'에 익숙해질 대로 익숙해져 있던 엘리트들의 사고를 뒤흔드는, 생각지도 못한 자극제가 되었다.

리키라는 이질적인 존재는 어떤 의미로 메타모르포제(변화)의 충동을 일으키는 방아쇠였다.

새로울 것 없는 일상이 가져다주는 결과물은 사고력의 저하로 이어진다. 자극이라는 펄스가 없으면 아무리 특화된 두뇌라 해도 신경 세포가 고갈된다. 그런 상식조차 익숙해진 일상에 매몰되어 가고 있다는 사실을 엘리트들은 이제야 깨달았다.

억지로 쑤셔 넣은 지식이 아닌, 감정적 충동.

슬럼의 잡종이라고 기피하며 멸시해왔기에 아무런 제어나 유전자 조작이 되지 않은 미다스 출신의 종자.

'잡종'이라는 카테고리 안에 들어있는 자들이 특별한 것일까. 아니면 '리키'라고 불리는 존재가 특이한 것일까.

과거 이아손이 자문했던 감정을 다른 블론디들이 똑같이 느끼고 있으리라고는 생각하지 않는다.

아니, 똑같을 필요는 없다.

접근의 방향이 다르면 자연히 얻을 수 있는 답도 달라진다. 그걸로 충분하다.

그렇기 때문에 사고를 하는 의미가 있다. 설령 그로 인해 어떤 어긋남이 발생한다 해도.

그러므로 오르페의 목적이 무엇이건 리키에 대한 흥미와 관심이 아예 빗나간 감정이라고는 할 수 없다.

"그 녀석이 딱히 먼저 나서서 소동을 일으키고 싶어 한 적은 없을 텐데?"

자신의 편파적인 생각도 착각도 아니다.

그저 자신에게 날아온 불씨를 털어내는 것을 지극히 당연한 권리라고 생각하며 그대로 실행에 옮기고 있는 것뿐인 리키 입장에서는 성질 나쁜 '트러블메이커'라고 불리는 것조차 매우 본의 아닌 일이리라.

'상대방 쪽에서 먼저 싸움을 걸어오면 3배로 갚아주는 건 역시 슬럼의 잡종답지만….'

말과 행동을 조심하여 소란을 피할 생각조차 하지 않는 리키의 고집과 질리지도 않고 싸움을 걸었다가 도리어 호되게 당하는 펫들의 형편없는 학습 능력을 이제 와서 이러쿵저러쿵해봤자 아무 소용없다.

조금 과격한 스킨십.

굳이 따지자면 그 정도다. 물론 실제로 피해가 발생한다면 곤란하겠지만.

"존재 자체가 비상식적이기 그지없는 잡종을 태연하게 에오스로 끌어들인 자네가 이제 와서 그런 소릴 해봤자 당연히 거짓으로 들리지 않겠나?"

오르페의 어조는 은근히 가차 없었다. 그러나 그 또한 평소와 다름없는 일이다.

"예쁘기만 한 관상용은 이제 질렸거든."

"그렇다고 다짜고짜 슬럼의 잡종을?"

"너무 기운이 넘치나?"

"…약간."

아직 웃어넘길 수 없는 것이 오르페의 진심일지도 모른다.

"…자, 그럼 자네 펫이 본성을 드러내서 저 아이들을 쓸데없이 위협하기 전에 우리도 다시 일을 시작해 볼까."

"다른 루트로 저 녀석을 데려가도 되겠지?"

"아… 건강 검진 후에. 슬럼의 잡균까지 에오스로 끌어들이면 안 되니까."

일종의 무균실에서 순수배양된 것이나 마찬가지인 어린 펫들은 슬럼이라는 열악한 환경에서 자란 야생아와는 비교조차 할 수 없을 만큼 연약하다.

경매에서는 보호 본능을 자극하는 그 연약함도 펫으로서 부가

가치를 높여주는 하나의 요소일지도 모른다.

아름답고, 사랑스러우면서 아직 그 누구의 손도 타지 않은, 이름조차 없는 애완용 장난감.

주인에게 불복해서는 안 된다는 점 말고는 아무 금기도 없다.

어떤 식으로 길들이든 주인의 자유.

펫 경매의 선전용 문구는 '무구함'과 '신분'이다. 인간형 펫은 단순한 노예가 아니다. 부와 권력을 지닌 자들만이 소유할 수 있는 상징이기도 하다.

물론 펫은 애완용 장난감일 뿐이기에 그들에게 인권 따위는 없다. 그만큼 그들의 수명은 극단적으로 짧다. 특히 에오스에서는.

폐기 처분되거나.

미다스로 팔려가거나.

굳이 말하자면 그들의 말로는 그 정도 차이뿐이다.

"그리고 목줄. 1년 반이라는 공백에 대한 처벌이다. 최소한 한 달 동안은 목줄을 매도록 해."

"근신하라는 뜻인가?"

"아니. 외부로 나갔다 돌아온 펫을 근신시켜 봤자 아무 처벌도 되지 않아."

"눈에 보이는 형태가 아니면 아무 의미도 없단 말인가?"

"그래. 하루에 한 번은 방에서 꺼내 최대한 천천히 시간을 들여서 산책을 시키도록 해."

말하자면 한 달 동안, 신입을 길들일 때보다 더욱 요란하게 얼굴을 팔고 다니라는 뜻이다.

오르페는 처벌이라고 했지만 이아손은 그 요구에서 오르페의 사소한… 그러나 명확한 앙갚음을 느꼈다.

"알겠네."

"그의 펫 링 인식 코드도 변경해서 다시 설정하기로 했어. 그러니 데뷔 파티에는 꼭 참석하도록 해. 물론 정장 차림으로."

데뷔 파티의 정장이란 말하자면 펫 링을 노출하는 것을 의미한다.

보통 펫 링은 액세서리 타입이기 때문에 파티는 어느 펫 링이 가장 화려하고 아름다운지, 디자인을 겨루는 장소이기도 하다.

지난 데뷔 파티에서 리키는 다른 펫들과는 달리 유일하게 펫 링을 착용하지 않았다. 겉으로 보이는 것을 중시하는 액세서리 타입과는 달리 조교용으로 특수 제작한 특별 주문품은 나름의 시간이 걸린다.

그 후 그 펫 링이 D타입(페니스 링)이라고 알려졌을 때에는 충격이 기조차 했다. 지금까지의 상식을 깨고 오히려 노출하지 않는 링을 선택한 것이다.

허영이 아닌, 조교라는 실용성을 중시한 펫 링. 그 링을 가까이에서 자세히 살펴볼 수 있는 것은 교배 파티 때뿐. 그 사실에 지독히 흥분한 주인도 많았던지 슬럼의 잡종과 교미하는 것을 혐오하는 펫들의 감정과는 달리 이아손에게는 그야말로 물밀 듯이 교미 신청이 쇄도했다.

당시 이아손은 그런 파티에 리키를 내보낸 적이 단 한 번도 없었다.

내보내지 않고 자신이 직접 안았던 것이다. 그것은 새로운 선풍을 일으키기에는 충분하고도 남을 만한 일대 스캔들이었다.

"정장…?"

"그래. 이번에는 지난번처럼 실수가 없길 바라네."

실수….

즉 소란을 피우지 말고 마지막까지 확실하게 파티의 주역을 맡으라는 뜻이다.

그 점에서도 굳이 '정장'을 강조하는 오르페의 의도는 매우 명쾌했다.

에오스에는 스무 살이 넘은 펫 따윈 존재하지 않는다. 물론 '떠났다가 돌아오는' 비상식적인 상황도 존재하지 않는다. 그러니까 나름대로 비웃음거리가 될 각오를 하라고 말하고 싶은 것이다.

"알겠네. 선처하지."

그렇게 말하며 이아손은 천천히 일어섰다.

# 4장

그곳은 어둠 끝을 연상시키는 심연이었다.

소실점이 없는 칠흑의 미궁. 차디찬 정적보다 아득히 무거운 침묵이 시야를 가득 채우고 있었다.

그 어둠의 영역은 넓은가.

좁은가.

혹은 높은가.

낮은가.

시각적으로 어둠이라고 느껴지기는 했으나, 농담(濃淡)이나 음영 없이 새까만 세계는 아니었다.

무언가가 팔다리에 감겨드는 듯한 무거움과 진득한 갈증을 느끼며 의식을 되찾았을 때, 키리에는 그곳에 있었다.

여긴 어디지.

왜 나는 이런 곳에 있는 걸까.

모르겠다.

기억을 떠올리려 하자 머리가 깨질 듯이 아팠다.

곧 눈을 뜰 짧은 선잠일까.

아니면 깊은 숙면일까.

꿈을 꾸고 있었던 듯한 기분도 들지만 무슨 꿈을 꾸고 있었는지는 모른다.

여기가 어디인지.

왜?

어째서?

언제부터?

이런 곳에 있었는지… 알 수 없다.

그러니까 이건 꿈속일지도 모른다고 생각했다. 끊임없이 되풀이되는 꿈속.

지끈지끈, 관자놀이가 욱신거렸다.

대체 어디까지가 현실이고 어디서부터가 꿈의 시작일까. 그 경계선조차 모호해서 꿈의 끝이 어디에 있는지조차 알 수 없다.

어쩌면 진짜 자신은 패거리들과 아지트에서 약에 취해있는 것뿐일지도 모른다.

패거리?

언제나 함께 몰려다니는… 패거리?

그래.

슬럼에서는 그 누구도 대적할 자 없었던, 한 번도 패하지 않은 채 해산해 버린 '바이슨'.

'가이'.

'루크'.

'시드'.

'노리스'.

그리고… '리키'.

괜찮아.

그들의 이름을 모두 말할 수 있는 걸 보면 약에 취하긴 했어도 배드 트립에 빠진 것은 아니다.

그렇다면 꿈은 깬다.

괜찮아….

꿈이라면 언젠가 깰 테니까.

시간 감각이 사라진 것도, 기억의 일부분이 사라진 것도, 머리가 아픈 것도 아마 스타우트 때문일 것이다.

이래서 싸구려 스타우트는 싫다니까.

기왕 마시려면 극상의 술이 좋다. 그래, 스마트하게 마시려면 '바르탕'이지.

다음에 내가 한턱내야지. 엘마의 아지트에서 다 함께 마시며 진탕 노는 거야.

아니… 엘마가 아니다. 엘마는 '지크스'의 망할 꼬맹이들이 폐허더미로 만들어버렸다.

그럼 어디지?

나는… 어디서 스타우트를 마시고 있지?

어라?

…어째서?

나는—어디에 있는 거지?

아… 머리가 아프다.

왜 이렇게 머리가 아픈 걸까.

욱신욱신.

욱신욱신….

쿵쿵…….

무방비하게 드러난 신경을 가차 없이 휘젓는 듯한 불쾌함.

아파.

무거워.

토할 것 같아.

가슴 안쪽에서 끈적끈적한 '무언가'가 치밀어 오른다.

화가 나고.

속이 울렁거리고.

다른 건 아무것도 생각할 수 없게 되었다.

팔다리를 움츠리며 키리에는 몸을 웅크렸다.

그렇게 욱신욱신 머리를 조이는 아픔을 간신히 참아낸 후 느릿느릿 고개를 들었다.

그때.

어둠속에서 희미하게 흔들리는 것이 보였다.

'…뭐지?'

그것은 가느다란 숨결처럼 둔탁하게 빛났다. 무심코 숨을 죽인 키리에를 유혹하듯 일렁일렁 흔들렸다.

'이리 와.'

'…이리 와.'

'이리로 와.'

그렇게 말하는 듯한 기분이 들었다.

단순한 착각일까.

망상일까.

모르겠다.

하지만 흔들리는 빛을 응시하는 동안 조금 전까지 키리에를 갉아먹던 두통이 거짓말처럼 깨끗이 사라졌다.

이리 와.

이리 와.

소리 없는 목소리에 이끌리듯 키리에는 한걸음 앞으로 내디뎠다. 그리고 흐느적흐느적 비틀거리는 걸음걸이로 터덜터덜 걷기 시작했다.

그러나 걸어도 걸어도 그 흐릿한 빛은 가까워지지도 않고 멀어지지도 않았다. 그저 똑같은 거리를 유지하며 키리에를 요염하게 유혹할 뿐.

'어째서?'

키리에는 초조해졌다.

저게 무엇인지 직접 확인하지 않는 한 계속 이렇게 걸어야만 하나. 그렇게 생각하자 갑자기 불안해졌다.

주위는 끝도 없고, 바닥도 없고, 두께도 없는 칠흑의 어둠이었다.

'아무도… 없다.'

뚜렷하게 자각한 순간, 모든 감각이 현실이 되었다.

새삼 온몸에 오한이 일었다.

얼굴이 경련하고, 다리는 꼴사납게 굳어버리고, 성기가 아플 정도로 오그라들었다.

왜.

어째서.

아무도 없는 걸까?

두근두근 빠르게 뛰는 고동과 함께 피로감이 단숨에 그를 덮쳤다.

'꿈이라면 빨리 깨어나!'

그렇게 외치며 키리에는 그 자리에 주저앉았다. 더 이상 한 걸음도 움직일 수 없었다.

그래도 빛은 여전히 빛나며 일렁일렁 키리에를 유혹했다.

…아니.

자세히 살펴보니 조금씩 흔들림이 잦아들고 있는 것 같기도 했다.

마치 최후의 기력을 쥐어짜서 빛을 응축하는 것처럼 그것은 한 번 흔들릴 때마다 더욱 밝아지며 차츰 어둠 속에 뚜렷하게 떠올랐다.

노란색에서 주황색으로, 그리고 선홍색으로 빛나는 구체가 되었다.

'뭐… 지?'

어느샌가 기이한 거리감이 사라져버렸다.

걸어도 걸어도 닿지 않고.

갈구해도 갈구해도… 신기루처럼 다가갈 수조차 없었는데.

그 빛은 지금 바닥에 주저앉은 키리에와 똑같은 눈높이에 떠 있었다.

이대로 손을 뻗으면 쉽게 움켜쥘 수 있을 것 같아서 키리에는 무릎을 꿇고 엉금엉금 기어가듯 몸을 앞으로 내밀었다.

불안과 두려움으로 위축된 마음의 틈새로 호기심이 슬그머니 고개를 들었다. 키리에를 키리에답게 만드는 본래의 자질이.

키리에는 반쯤 무의식적으로 좌우를 살피며 꿀꺽 마른침을 삼켰다. 이젠 그런 짓을 할 의미가 없다는 사실조차 자각하지 못하는 듯했다.

머뭇머뭇 오른손을 뻗었다.

직경 15cm가량의 선홍색 구체에 손가락 끝이 살짝 닿았다.

보기에는 금속과도 같은 광채를 띠고 있지만 구체는 뜨겁지도 차갑지도 않았다.

만질 때 아무 위화감도 없는 걸 보면 인간의 체온만큼 따뜻한 모양이다. 그렇게 생각하니 참았던 숨이 한순간… 흘러나왔다.

'괜찮아.'

스스로를 격려하듯 더욱 주의 깊게 손가락으로 더듬었다.

매끄러운 감촉이었다. 딱딱하지도 부드럽지도 않았다. 그저 튕길 듯한 탄력이 있었다.

손가락 끝으로 몇 번이나 어루만지다가 다음에는 손바닥으로 천천히 쓰다듬었다.

몹시 기묘한 감촉이었다. 이 선홍색 구체가 무엇인지는 모르겠지만 그 감촉은 묘하게 기분 좋게 손가락에 스며들었다.

뭐라 형용할 수 없는 기묘한 안도감을 맛보고 키리에는 차츰 대담해졌다.

양손으로 감싸듯이 구체를 어루만졌다.

순간 그것이 묵직하고 생생한 무게와 함께 손 안에 '떨어졌다'.

'…윽!'

두근두근.

고동이 소리 없이 단숨에 높아졌다.

두근두근.

심장이 기이할 만큼 빠르게 뛰며 통증을 호소했다.

그래도 손안의 물체를 단단히 움켜쥔 채 놓지 않았다. 그것만이 이 영문을 알 수 없는 어둠 속에서 유일하게 빛나는 색채였기 때문이었다.

'내… 거야.'

키리에는 구체를 가슴에 끌어안으며 뺨을 비볐다.

'이건 내 거야.'

증표 삼아 입을 맞췄다.

순간.

그 구체에 맥박이 뛰기 시작했다.

착각이 아니다. 키리에의 키스가 선홍색 구체를 깨우는 스위치라도 되는 것처럼 뚜렷한 박동이 전해져왔다. 마치 키리에의 고동과 겹쳐지듯이.

두근.

두근….

두근…….

귀를 기울이자 그 소리는 일정한 높이로 울려 퍼지며 키리에에게 안도감을 선사했다.

섬뜩하게 고요한 이곳 어둠의 미궁 속에서 손안의 '물체'만은 유일하게 살아 있다. 그게 무엇인지 알 수 없는 불안보다 지금은 고동의 따스함을 공유할 수 있다는 사실에 매달리고 싶었다.

무슨 일이 있어도 절대 놓지 않을 거야.

그렇게 생각했다.

# 5장

1년 반 만에 보는 타나그라는 변함없이 장대했다.

어디를 둘러봐도 질서정연한 외관은 한 점의 더러움도 없이 눈이 시리도록 청결했으며 즐비하게 늘어선 거대한 빌딩 숲은 아무리 올려다봐도 끝이 없었다. 나란히 위치한 미다스가 암만 난잡하고 추악한 교성을 질러도 분명 타나그라의 옷깃조차 흔들 수 없으리라.

미다스가 질 나쁜 악녀라면 타나그라는 냉철한 지배자다. 그 둘이 같은 대지를, 대기를, 언어를 공유하고 있다는 사실조차 마치 어색한 농담 같았다.

타나그라 특유의 차가우면서도 금속과도 같은 특징이 묻어나는 미관은 본래 도시가 지니고 있어야 할 체취마저 느끼지 못하게 만든다.

그것은 타나그라가 특화된 전뇌도시임과 동시에 그곳에 종사하는 모든 자가 의인화된 안드로이드이며, 그들을 통괄하는 자들 또한 인간의 뇌세포만을 진화시킨 소수정예주의 인공체(엘리트)로 이루어진 특이한 기계 도시이기 때문이다.

이곳의 전지전능한 창조주로 군림하는 것은 'Λ(람다)-3000', 즉 'JUPITER(유피테르)'라고 불리는 인공 지능.

폐쇄감과 난잡함으로 가득한 슬럼에서 자란 리키에게는 독도 때도 더러움도 없이 오직 예리하고 무기질적이기만 한, 이 이질적인 도시가 숨 막히게 느껴졌다. 아니, 이유 없이 신경을 건드리는 섬뜩한 두려움마저 느껴지곤 했다.

그런 타나그라에서 유일한 유기체, 인간의 체온이 느껴지는 팰리스 타워. 그것이 바로 '에오스'다.

주민은 3종류의 이형.

살아 있는 부분은 진화된 뇌뿐인 엘리트.

인간으로서의 존엄을 박탈당한 상태로 '가구(퍼니처)'라고 불리는 노예.

그리고 오직 애완용으로 사육하기 위해 교배 개량된 펫.

이들 셋 사이에 존재하는 것은 점과 선으로 이어진 이해관계나 메울 수 없는 균열이 아니라 영원히 교차할 수 없는 존재 의의뿐이다.

어딘가가, 무언가가 결여된 일그러진 현실이 이곳에 있다.

몹시 생생한데도 왠지 거짓 같은 실재감.

이상과 현실의 괴리가 아닌, 애매한 틈새조차 허용하지 않는 격절감(隔絶感).

슬럼이라는 폐쇄감 가득한 남자들만의 세계는 '종(種)'의 한계치를 넘어서서, 부자유스러운 자유를 탕진하며 썩어갈 뿐인 쓰레기장—리키는 그렇게 생각하고 있었지만 에오스에 비하면 썩어갈 자유가 있다는 것만으로도 한결 낫다고 생각하지 않을 수 없었다.

규칙이 느슨한 듯하면서도 사실 행동 범위가 극단적으로 제한되어 있는 폐쇄감은 슬럼과 비교도 되지 않는다.

주어진 것을 순순히 받아들이고 쓸데없는 생각은 하지 않을 것. 그것이 애완동물이 지녀야 할 올바른 마음가짐이라는 가르침이 펫들에게는 뿌리 깊게 각인되어 있다.

호화로운 거처와 반짝거리는 색채에 현혹되어 자신이 속박되어 있다는 사실조차 깨닫지 못하는 것이다.

리키가 가장 최악이라 느꼈던 점은 에오스에서는 주인의 명령에 최우선적으로 절대복종해야 하며 펫에게는 자유롭게 사고할 권리나 거부권이 없다는 사실이었다.

그 점이 무엇보다도 고통스럽게 느껴지는 것 자체가 이미 에오스에서는 이단이다.

논리적으로도 감정적으로도 명쾌하게 결론을 내릴 수 없는 현실.

편한 쪽으로 휩쓸려가지 않도록 버티고 서 있기 위해서는 고통과 후회가 따르는 법이다. 과거 3년 동안 리키는 지긋지긋할 만큼 그것을 경험했다.

리키가 또다시 에오스의 우리 안에 갇힌 지 일주일.

여느 때처럼 쓸데없이 넓은 방에서 무위도식하고 있을 때, 가벼운 노크 소리와 함께 문이 열렸다.

리키에게 주어진 방은 안에서 문을 잠글 수 없게 되어 있다.

방의 시큐리티는 모두 문밖에서 조작할 수 있다. 즉 자신의 방이지만 사생활이 없다는 뜻이다.

"리키 님. 시간이 됐습니다."

아직 익숙하지 않은 듯 딱딱하게 굳은 목소리로 그렇게 말한 것은 퍼니처 칼.

처음 이아손의 퍼니처로 칼을 소개받았을 때 리키는 몹시 놀랐다. 그때까지 이아손의 퍼니처는 지금도 다릴일 거라고 믿어 의심치 않았기 때문이다.

그래서.

"당신 퍼니처는 다릴 아니야?"

그만 그렇게 묻고 말았다.

아니, 리키의 입장에서 그것은 별 뜻 없고, 지극히 단순한 의문에 불과했다.

그러나 그 순간 칼의 안색이 단번에 창백해졌다. 다행인지 불행인지 이아손에게 고개를 향하고 있던 리키는 그 사실을 눈치채지 못했지만.

"그는 다른 곳으로 배치가 변경되었다."

아무렇지도 않게 흘러나온 이아손의 말에 칼의 온몸이 마치 조건 반사처럼 굳어버렸다는 사실 또한 알지 못했다.

"…그래? 여기 없단 말이지."

당연히 있을 거라고 생각했던 다릴이 없다. 그 현실은 다릴과 재회하면 어떤 표정을 지어야 좋을까… 하고 고민하던 리키에게 작은 안도감과, 이 에오스에서 유일하게 마음을 허락할 수 있는 사람이 사라졌다는 일말의 상실감을 안겨주었다.

이아손이 말한 '배치 변경'이 무엇을 의미하는지, 리키는 알려고 하지 않았다. 알려고 해봤자 소용없기 때문이다.

아니…, 일부러 피했다.

지금 리키에게는 '퍼니처'라는 존재가 자신과는 전혀 상관없는 인종이라고 믿었던 때와는 확연히 다른 감정이 자리 잡고 있었기 때문이다.

'퍼니처'의 진실을 알게 된 후로 더 이상 그때처럼 다릴을, 칼을 볼 수 없게 되었다.

『나는 5년 동안 이아손의 퍼니처였다.』

충격적이었던 카체의 고백이 아직도 귓가에 남아있었다.

『에오스의 퍼니처는 모두 슬럼의 잡종이다.』

있을 수 없는 사실을 알게 된 리키는 아무 말도 못 한 채 경악할 수밖에 없었다.

만약 그 말을 한 사람이 카체가 아닌 다른 사람이었다면 리키는 실소를 터뜨렸을지도 모른다.

질 나쁜 블랙 유머조차 되지 못할 실없는 이야기. 웃기지 않은 농담만큼 시시한 것은 없다.

농담에도 나름대로 근거와 기지가 필요하다. 그렇지 않으면 웃고 싶어도 웃을 수 없다.

설령 그것이 단순한 조소라 할지라도.

실제로 슬럼의 잡종이 블론디의 펫이라는 것 자체가 웃을 수 없는 최악의 스캔들이기 때문이다.

슬럼의 잡종이라는 카테고리는 그만큼 기피의 대상이다.

그 현실을 누구보다도 절실하게 실감하고 있던 리키조차 카체의 고백은 예상치 못한 충격이었다.

『거세당한 퍼니처는 수컷도 아니고 암컷도 될 수 없는 어중간한 생물이다. 그걸 운명으로 받아들이기까지는 아주 많은 시간이 필요하지. 인간은 있어야 할 것을 잃어버리면 그만큼 정신의 균형이 무너지게 마련이야. 물론 그런 걸 신경 써주는 주인과 펫은 아무도 없지만.』

느닷없이 카체의 말이 떠올랐다. 입안이 껄끄러웠다.

있어야 할 것을 잃는 상실감. 지금의 리키에게는 다른 의미로 너무나 아픈 말이었다.

퍼니처는 13세에 거세되어 에오스의 방에 배치된다. 다릴의 실제 나이가 몇이었는지 리키는 물어보지도 않았지만. 칼은 올해 15세가 되었다고 한다.

당연하지만 같은 '가디언' 출신이라도 자기주장을 하지 않으면 살아남을 수 없는 슬럼의 15세와는 전혀 다르다. 모든 것이 지나치게 섬세하다. 그렇게 생각할 수 있는 건 그만큼 리키가 나이를 먹었다는 증거이리라.

다릴에 비해 아직 블론디의 퍼니처로서 경험이 부족한 칼은 리키와 좀처럼 시선을 마주치지 않았다.

성실하게 퍼니처의 책무를 다하려는 태도 때문에 몹시 데면데면했다. 늘 절도와 적절한 거리감을 유지하면서도 조심스레 리키에게 다가오려고 했던 다릴과는 전혀 달랐다.

퍼니처의 숨겨진 진실을 알지 못했더라면 자꾸만 피하는 시선의 의미도, 어색한 태도도 예전처럼 '기피'와 '혐오'로 한데 묶어 깨끗이 무시해버렸겠지만 지금은 묘하게 마음이 불편했다. 설령 사실과 현실에 크나큰 어긋남이 있다 해도.

리키도 칼도 서로가 슬럼의 잡종이라는 사실을 알고 있다.

그러나 그것은 암묵적인 양해가 아니다.

리키가 슬럼의 잡종이라는 점은 공공연한 비밀이 아니라 에오스의 모두가 알고 있는 사실이다.

그러나 이 에오스에서 퍼니처가 리키와 같은 동류라는 사실을 아는 자는 당사자인 퍼니처와 극히 일부의 한정된 관계자들뿐이다.

아니.

어쩌면 케레스의 양육센터 '가디언'에서 선택되어 퍼니처가 된 자들 중에는 자기가 '잡종'이라는 사실조차 인식하지 못하는 자 또한 있을지도 모른다.

엄밀하게 말하자면 에오스의 퍼니처는 누구 한 사람 열악한 슬럼을 실제로 경험해 본 적이 없다. 카체조차도.

슬럼의 잡종이라는 말에 담겨진 '혐오'와 '모멸'이 현실적으로 절대 남의 일이 아니라는 사실을 깨달은 것은 어쩌면 리키가 에오스에서 사육당했던 4년 반 전이었을지도 모른다.

그렇다면 퍼니처들은 진심으로 두려움에 떨었을 것이다. 케레스에서 태어나고 자랐다는 이유만으로 '슬럼의 잡종'이라 불리며 이유 없이 기피당하는 현실을 비로소 깨닫고.

퍼니처는 슬럼의 잡종.

그 사실은 아마도 밝혀져선 안 되는 일급 기밀이리라.

만약 그 사실이 폭로되면 에오스의 질서는 붕괴되어 버릴지도 모른다. 최악의 쓰레기, 그저 멸시의 대상일 뿐인 잡종에게 의지하지 않고선 제대로 식사조차 할 수 없다는 사실을 알게 된다면 펫들은 공황 상태에 빠지리라.

에오스가 슬럼보다 일그러진 폐쇄 사회이며 리키에게는 자신의 존재 의의를 부정하는 감옥일 뿐이라 해도 에오스의 비밀을 모조리 폭로하여 파멸시키고 싶지는 않았다. 리키에게는 그만한 자학도 교만도, 그리고 파괴욕도 없었다.

그런데도 에오스의 펫들은 리키를 낙원에 흘러들어온 희귀한 짐승은커녕 없애버려야 마땅한 이물질, 기피해야 할 불쾌한 존재로밖에 보지 않는다.

그들에게 리키는 펫이라는 동류가 아니라 자신들의 영역을 위협하는 천적인 것이다.

그것은 예나 지금이나 조금도 달라지지 않았다.

'정말 발전이 없군.'

리키의 투덜거림은 단적으로 말해서 에오스의 실정이기도 했다.

어떠한 괴로움도 지나가고 나면 쉽게 잊는 법.

리키가 에오스에 묶여있던 굴욕의 3년간도 따지고 보면 세월의 톱니바퀴 중 하나에 불과할지도 모른다.

또한 리키는 얼핏 화려해 보여도 실은 펫이라는 존재가 얼마나 불확실하고 덧없는지 새삼 깨닫게 되었다.

왜냐하면 펫들 중에 리키가 아는 얼굴이 단 한 명도 없었기 때문이다.

1년 반 전과는 눈에 보이는 면면들이 완전히 바뀌어 있었다. 펫이 누릴 수 있는 황금기가 얼마나 짧은지를 단적으로 보여주는 예라고 할 수 있다.

물론 다른 펫들에게 흥미도 관심도 없는 리키가 기억하지 못하는 것뿐이고, 리키를 기억하는 펫들이 아예 없다고 단정 지을 수는 없지만.

하루 한 번, 정확히 2시간 동안 리키는 에오스를 산책한다.

칼이 말한 '시간'이란 바로 그 산책 시간을 가리킨다.

"실례합니다."

리키의 목에 검은 가죽 목줄을 채울 때 칼의 손은 언제나 긴장하곤 했다.

다른 신입 펫들처럼 초커 타입의 목걸이에 이름만 목줄이라고 붙인 물품이 아니라 정말로 단단히 채웠다 풀었다 하는 목줄이기 때문에 섣불리 긁힌 상처가 나지 않도록, 그러나 너무 느슨하지 않도록 신경을 써야 했다.

굳이 말하자면 그렇게 신경 쓰지 않아도 상관없다만.

한정된 영역의 소유권을 주장하며 과격하게 살아가는 슬럼의 잡종은 혈통서가 딸린 순혈종과는 달리 그렇게 약하지 않다. 긁힌 상처 한두 개쯤은 내버려 둬도 저절로 낫는다.

그러나 칼의 입장에서는 밖으로 내보냈다가 다시 데려올 만큼 주인이 아끼는 펫에게 상처라도 내면 큰일이리라.

에오스에서는 하나의 관례라고 할 수 있는 신입 펫 선보이기는 정식 데뷔 전까지 '길을 들인다'는 명목으로 목에 목줄을 찬 채 담당 퍼니처에게 이끌려 걸어 다니는 것이 상식이다.

길들이기가 목적이라는 사실을 퍼니처도 잘 알고 있기 때문에 우선 방에서 나와 펫들이 모이는 살롱으로 가는 길, 엘리베이터 타는 법, 문 여는 법 등을 중점적으로 가르친다.

펫에게는 일상생활에 필요한 기본 지식도 없거니와 글도 모르기 때문에 중요한 장소의 표식은 모두 간략한 도형으로 표시되어 있다.

그것을 제한된 시간 안에 얼마나 알기 쉽게 펫에게 가르쳐 주는가. 말하자면 펫 길들이기는 퍼니처의 역량을 시험하는 관문이기도 하다.

당연히 펫들도 십인십색이다. 빨리 외우는 자가 있는가하면 기억력이 형편없는 자도 있다.

그러나 기억을 못 해서 실수를 하더라도 질책당하는 것은 펫이 아니라 퍼니처다.

지극히 간단한 룰 하나 기억하지 못하는 펫이 나쁜 게 아니라 제대로 가르치지 못한 퍼니처가 역부족이라 평가되기 때문이다.

펫은 순종적이고 사랑스럽고 음란하기만 하면 모든 것을 용서받지만 퍼니처는 능력이 없으면 용서받지 못한다. 말하자면 그런 것이다.

그러나 리키의 경우에는 단순한 산책도 다른 신입 펫들과는 확연히 다르다.

보통 얼굴을 선보이기 위한 산책은 시간도 루트도 굳이 미리 신청할 필요는 없다. 그날 기분에 따라 선택하면 그만이다. 그러나 리키는 매일 시간과 코스가 무작위로 지정될뿐더러 징벌용 옐로카드까지 주어져 있었다.

물론 산책 중에 사담 및 다른 펫과의 소동 엄금… 인 것은 말할 필요도 없다.

아무래도 그것이 '다시 돌아온' 리키에게 내리는 징벌인 모양이다.

그저 얼굴을 선보이기 위한 산책에 옐로카드라니, 성격 나쁜 바보라고 광고하며 걸어 다니는 거나 마찬가지다.

이아손에게 그 말을 들었을 때에는 리키도 진저리를 쳤지만 이미 정해진 일이 번복될 리 없다는 것은 과거 3년간의 경험을 통해 지긋지긋할 정도로 잘 알고 있었다.

자랑은 아니지만 옐로카드는 물론 과거 그 누구도 받은 적 없는 레드카드를 받았다는 불명예스러운 타이틀을 보유한 자는 리키뿐이었다.

에오스의 관례에 따르면 레드카드를 받은 펫은 즉각 폐기처분되지만 악취미의 제왕 이아손은 그런 관례마저 태연하게 무시하는 규격 외의 인물이었다.

어쨌든 아무리 불합리한 징벌이라도 주인인 이아손이 받아들인 이상 리키에게 거부권은 없다.

'…젠장, 귀찮아.'

속으로는 그렇게 생각했다.

"이아손, 당신 진짜 오르페한테 미움받는 거 아니야?"

그러면서도 정작 겉으로는 독설을 내뱉는 것 말고 아무것도 할 수 없었다.

주인에게 반말로 폭언을 내뱉는 성질 나쁜 펫을 바라보며 칼은 그 자리에서 졸도할 듯한 표정을 지었다.

'펫의 불찰은 퍼니처의 책임'.

어쩌면 그 암묵적인 규칙이 실감과 함께 머릿속 한구석을 스치고 지나갔는지도 모른다.

그러나.

"네가 외부로 떠났다가 다시 돌아온 잡종이라는 사실은 이미 에오스 전체의 흥미와 관심의 표적이다. 법도를 어긴 펫이 어떤 꼴을 당하는지 모두에게 보여주기 위해 철저히 구경거리가 되도록 해라."

이아손에게는 가벼운 빈정거림조차 통하지 않았다.

"구경거리가 아니라 어릿광대겠지."

"그렇게까지 서비스할 필요는 없다."

리키는 아무렇지도 않게 말하는 이아손을 바라보았다.

'누구한테?'

그리고 목구멍 안으로 그 말을 씹어 삼켰다.

특권 계급의 구현자 엘리트 군단. 그중에서도 최고위에 군림하는 블론디의 자존심이 무서우리만치 높다는 사실은 보면 알 수 있지만 뒤틀린 그들의 성정까지 이해하기란 몹시 어렵다.

단순명쾌한 '힘의 논리'가 승자의 필수 조건인 슬럼에서 자란 리키에게는 이해의 범주 밖이었다.

그런 블론디들 간의 은근한 힘겨루기 재료로 사용되다니, 리키로서는 불쾌하기 그지없는 일이었다. 그래 봤자 펫의 헛소리에 지나지 않는다는 사실은 충분히 알고 있었지만.

폐쇄되어 있으나 에오스는 좁은 듯하면서도 넓다.

2시간이라는 시간제한은 긴 듯하면서도 짧다.

어차피 구경거리가 될 바에는 그저 설렁설렁 시간을 때우며 걷기만 해서야 너무나도 시시하다. 그렇다면 지정된 루트의 지도라도 만들어볼까. 리키는 진심으로 그렇게 생각했다.

단순히 울분을 풀기 위해서가 아니다. 확실한 목적의식을 갖고 걸으면 나름대로 의욕도 생기고 해이해진 머릿속도 깨끗하게 정리할 수 있다.

사용하지 않으면 녹스는 것은 체력뿐만이 아니다. 달콤한 독에 침식되는 듯한 일상에 익숙해져 버리면 자기자신을 잃어버리고 만다. 경험은 살아 있는 교훈이라는 것을 리키는 새삼 자각하지 않을 수 없었다.

산책 루트가 그날그날 지정되는 이유는 리키가 멋대로 돌아다니면 곤란하기 때문이다.

그렇다면 차라리 방에서 근신하라고 명령하면 좋을 텐데 그러면 아무런 처벌이 되지 않는 모순.

오르페가 도대체 무엇을 경계하고 있는지는 모르겠으나 단 한 번일지라도 시큐리티 가드를 따돌리고 에오스 밖으로 도망친 적이 있는 펫은 그것만으로도 블랙리스트 최상위에 오르기 충분하다.

글을 모르는 펫을 위한 필수품 '3D레코더'는 각 방에 상비되어 있지만 펫 전용 단말 모바일은 없다.

퍼니처 전용 PC는 생체인식 코드로 작동되기 때문에 리키는 사용할 수 없다.

그렇다면 걸어 다닌 경로를 기억해서 머릿속으로 지도를 구축할 수밖에 없다. 그걸 귀찮게 생각하지 않고 처벌을 즐기는 방법을 생각해내는 긍정적인 성격이 리키의 가장 큰 장점이었다.

무엇보다도 그렇게 할 수 있는 가장 큰 이유는 리키가 에오스를 떠났다가 돌아온 펫이기 때문이다.

이아손의 펫으로 사육당했던 처음 3년간, 리키에게는 보는 것, 듣는 것, 하는 것 전부가 자존심을 긁어대는 굴욕의 나날이었다. 그저 머릿속에 있는 거라곤 모든 것에 반발하겠다는 생각뿐이었다.

어떻게 하면 에오스를 떠나 자유를 되찾을 수 있을까.

매일 그것만 생각했다. 마음대로 되지 않는 현실을 깨닫고 좌절하여 불만을 품고 비뚤어질 수밖에 없었다.

그래서 자신의 영역은 인식할 수 있어도 에오스라는 감옥의 전체적인 모습 따윈 눈에 들어오지 않았다. 감정도 사고도 오직 눈앞에 있는 것밖에 인식하지 못했다.

그러나 설령 좋아서 돌아온 게 아니라 해도 지금 리키에겐 그 무렵에 없었던 여유가 있었다.

여유가 아니면 일종의 체념, 타산이라 해도 좋다.

4년 반 전에는 잃을 수 없는 것이 있었지만 지금은 그마저도 잃고 말았다. 지금 그에게 남은 것은 모든 걸 쏟아낼 수 없었던 고뇌와 딜레마, 그리고 주체할 수 없는 음란한 굶주림과 갈증을 끌어안은 후회뿐이었다.

그래도 자포자기의 심정으로 파멸을 소망하지는 않았다.

가디언 시절, 살기 위해 필사적으로 애쓰다가 결국 익숙하지 않은 환경에 짓눌려 요절한 친구의 죽음이 기억 밑바닥에 들러붙어 있기 때문이다.

『미안해, 리키. 나… 애썼는데….』

야윌 대로 야윈 길은 리키에게 매달려서 울었다.

『나처럼 되지 마. 응? 리키… 약속해 줘.』

히스는 그렇게 말하며 리키의 손을 꼬옥 움켜잡았다.

『난 이제… 지쳤어.』

레빈은 그 말을 남기고 잠들듯이 숨을 거뒀다.

모든 것을 던져버리고 삶을 포기하면 그들이 살아온 의미마저 부정해버리는 듯해서… 절대로 싫었다.

원하는 것은 뭐든 손에 넣을 수 있는 절대권력자 이아손이 왜 이토록 자신에게 집착하는지, 리키는 도무지 이해할 수가 없었다. 특화된 두뇌를 지닌 블론디의 사고 회로를 파악하려 드는 것 자체가 무리일지도 모르지만.

그리고 자신이 이아손의 펫이라는 사실에 아무리 혐오감을 느껴도 리키는 더 이상 아니라고 부정할 수 없었다.

타나그라 블론디의 펫이라는 족쇄는 불쾌하고 무겁다.

하지만 이아손은 이제 두 번 다시 그 족쇄를 풀어줄 생각이 없다.

그렇다면 자기자신을 잃지 않기 위해서 펫이라는 사실을 감수하는 게 아니라 모든 것을 부정해야만 한다.

슬럼의 잡종이라는 사실을.

음란한 굶주림과 갈증을.

물러설 수 없는 의지를.

진흙투성이가 된 자존심을.

무언가 하나를 잃어도 전부 부정하지 않으면 무언가는… 남는다.

에오스로 돌아와서 담당 퍼니처가 다릴이 아닌 칼이라는 사실을 알았을 때, 리키는 자신의 존재 의의를 다시 직시해야 할 필요성을 느꼈다.

펫이라는 굴레에서 도망치는 일만 생각했던 결말이 바로 이거다. 되찾았다고 생각했던 자유가 실은 시간제한이 있는 휴식에 불과했다는 사실을 알았을 때, 리키는 자신이 철저하게 속박당했음을 자각했다.

방에 틀어박혀 다른 펫과 일절 접촉하지 않으면 쓸데없는 소란도 일어나지 않는다.

그래서는 '벌칙'이 성립되지 않는다는 오르페의 주장에서 리키는 노골적인 속셈을 느꼈다.

단순히 이아손을 야유하기 위해서일까.

아니면 리키를 괴롭히기 위해서일까.

그도 아니면 다른 계략이 있는 걸까….

의문은 끊임없이 꼬리를 물었다. 마치 사고 회로의 속박 속에서 홀로 발버둥을 치는 듯한 기분이었다.

그래서 자기 자신을 잃지 않기 위해서는 타산이 필요하다.

에오스에서 펫의 가치란 계급장을 대신하는 액세서리. 그것은 흔들림 없는 상식이다. 그 때문에 펫들은 앞을 다투어 자신을 화려하게 꾸민다.

'사랑스러움'.

'아름다움'.

'요염함'.

남자든 여자든 성별에 관계없이 그것이 펫의 가치를 평가하는 기준이다.

사람들이 지켜보는 가운데 행위를 할 경우 펫은 '수치심이 없다'는 것이 칭찬의 말이며 거기에 '음란함'이 더해지면 부가가치가 더욱 치솟는다.

슬럼에서 남자는 육체적으로도 정신적으로도 터프하고 강렬한 성적 매력이 요구되지만 에오스는 다르다.

에오스의 '수컷'은 페니스가 달린 숙녀여야만 한다. 적어도 정식 페어링 파트너가 정해지기 전까지는.

'촌스럽고'.

'거칠고'.

'상스러운' 자는 아무리 혈통이 좋아도 다들 싫어하기 때문이다.

파트너로 지명을 받아 파티에 나가지 못하면 펫의 평가는 떨어지고 존재 가치도 사라진다.

그러나 아직 얼굴을 선보이는 단계인데도 리키는 한 번 떠났다가 돌아온 자의 특권—정사의 증거인 키스 마크를 감추려 하지도 않았다.

그것이 쓸데없이 펫들을 자극하고 있다는 사실 따위는 리키의 관심 밖이었다. 이아손과의 섹스를 거부할 권리가 없는 이상 신경 써봤자 소용없기 때문이다.

목줄을 매고 있어도 위축되지 않거니와 비굴하게 굴지도 않는다. 긴장감도 없거니와 붙임성 따윈 한 조각도 찾아볼 수 없다.

검은 눈동자는 강렬했다. 그 시선은 누군가를… 무언가를 선별하기보다는 오히려 치졸한 화려함을 베어버릴 듯한 예리함을 지니고 있었다.

그 누구도 흉내 낼 수 없는 존재감은 잘 길들여진 어린양 무리 속에서 위압적이기까지 했다.

리키가 걸어가면 모두가 발걸음을 멈추고 시선을 고정한다.

설령 징벌을 받는 중인 구경거리라 해도 누구 한 사람 그 흡인력을 무시할 수 없는 것이다. 목줄의 끝을 쥐고 있는 칼에게는 그런 '격의 차이'가 뼈저리게 전해졌다.

멀리서 수군대며 험담을 해도 리키의 시선을 정면으로 응시할 수 있는 자는 아무도 없다.

그것은 나이에 의한 세대 차이 때문도 아니고, 리키가 에오스의 정설을 뒤엎어버린 산증인—에오스를 떠났다가 돌아온 비상식적인 존재이기 때문도 아니다. '리키'라는 인간의 개성이 매우 두드러진 까닭이다.

자연체라고 하기에는 너무나도 당당한 리키, 그에 비해 주위 사람들이 그 존재감에 삼켜져서 움츠러들고 만다.

멀리서 지켜보는 자들뿐만이 아니다.

리키와 함께 걷고 있어도 칼의 발걸음은 자꾸만 어색하게 삐걱거리곤 했다. 그 때문에 백금 합금으로 만든 리드가 팽팽하게 당겨져서 목을 조이는 바람에 숨이 막힌 리키가 문득 걸음을 멈추는 일도 한두 번이 아니었다.

그때마다 칼은 한쪽 뺨을 일그러뜨렸다.

"죄송합니다."

칼이 깊게 머리를 숙이고 실수를 사과했지만 리키는 한 번도 입 밖에 내서 그를 나무라지 않았다.

'그러게 왜 이렇게 긴장하는 거야.'

말해봤자 어차피 소용없기 때문에 굳이 말하지 않는 것뿐이지만. 이래서야 누가 구경거리인지 알 수 없다.

칼 입장에서는 자기보다 나이가 많고, 성격이 비뚤어진 펫을 어떻게 다뤄야 할지… 아마 아무리 생각해도 알 수 없으리라.

게다가 그 주인은 정상적인 블론디의 정의에서 크게 벗어난 '특이한 취향'의 소유자. 신경도 두 배로 써야 한다. 양쪽에서 치이는 셈이다.

그렇다고 리키가 먼저 다가갈 생각은 없었다. 퍼니처가 같은 슬럼의 잡종… 이라는 이유만으로 친해질 생각은 없었다.

다릴이 그 사실을 알면서도 리키와 적당한 거리를 유지했던 것처럼 리키도 그 태도를 따를 생각이었다.

당시 이아손이 '조교'라는 명목으로 리키에게 강요했던 추태는 어떤 폭력보다 훨씬 잔인했다.

그러나 이아손의 무릎 위에서 다리를 벌리고 다릴에게 구음당하는 수치와 굴욕으로 리키의 신경이 뜨겁게 달아올랐을 때조차 다릴은 퍼니처의 본분에서 벗어나지 않았다.

무슨 일이 있어도 이아손에게 절대복종하며 감정에 휘둘리지 않는 이성과 자제심으로 엄격하게 자신을 조절했다.

지금이라면 그런 다릴의 마음을 아플 만큼 이해할 수 있다.

한 방에서 사육되는 펫과 퍼니처는 서로의 상처를 핥아줘서는 안 된다.

서로 핥아주다 가까워지면 멈출 수가 없게 된다. 그건 몹시 치명적이다.

펫과 퍼니처의 불가침영역. 리키는 새삼 그 점을 경계하지 않을 수 없었다.

# 6장

데뷔 파티 당일.

머리부터 발끝까지 각별히 정성껏 갈고닦은 끝에 칼이 가져온 옷은 리키에게 익숙한 검은 가죽이었다. 그 안에 입을 옷은 지극히 단순한 은회색 그물 탱크톱. 물론 슬럼의 합성 가죽에 비하면 재질과 가격과 감촉은 하늘과 땅 차이였지만.

'진심인가?'

지난번에 입었던 옷은 거의 반라에 가깝도록 노출하는 의상이었다. 그때와 너무나 달라서 리키는 무심코 눈썹을 찡그렸다. 혹시 뭔가 속셈이 있는 건 아닐까.

지나친 의심일지도 모르지만 블론디의 체면과 관련될 경우 이아손의 행동은 리키가 이해할 수 있는 범주를 넘어서곤 했다.

"이걸 입으라고?"

"네. 주인님께서 골라주셨습니다."

칼은 망설임 없는 어조로 즉각 대답했다.

'하긴 지금 나한테 열여섯 살 때와 똑같은 옷을 입으라고 하긴 좀 그렇겠지.'

예전 다릴이 건넨 의상을 봤을 때에는 평소 독설과 욕설을 일삼던 리키를 괴롭히기 위한 노골적인 심술인 줄만 알았다. 그러나 다른 펫의 정장은 리키보다 훨씬 과격했다.

그 이유도 나중에 치가 떨릴 정도로 잘 알게 되었지만.

센터 빌딩 최상층에 모여 있던 신입 펫들은 아직 털도 나지 않은 어린아이들이다. 그들과 똑같은 레벨로 하늘하늘 반짝반짝한 노출도 심한 옷을 입어봤자 누가 봐도 징그럽고… 차마 봐주기 힘들 것이다.

그러나 속옷은 아주 얇은 천 한 장으로 성기를 단단히 고정하는 T백이다. 즉 노골적인 노출은 없지만 신체의 선이 훤히 드러난다는 사실만은 변함이 없다.

데뷔 파티의 정장이 펫 링 노출을 의미한다는 게 당연한 상식이라는 정설이 있다. 그러나.

『아직 조교 중이다.』

이아손은 그 한마디로 깨끗이 뒤엎어버렸다. 게다가 그런 특례가 당당히 통할 만큼 슬럼의 잡종은 충분히 이단이었다.

이미 리키의 펫 링이 특별 제작한 D타입이라는 사실이 널리 알려진 이상 이번에도 같은 수법이 통하지는 않으리라.

그걸 알면서도 검은 가죽옷을 준비했다면 이아손도 여전히 꽤나 비뚤어진 인간이다. 아니면… 혹시 처벌에 대한 앙갚음일까?

치장이 끝나자 마치 타이밍을 재고 있었던 것처럼 이아손이 나타났다. 이아손은 평소 늘 내리고 다니는 머리를 말끔히 빗어 넘긴 리키를 한참 훑듯이 바라본 뒤에야 입을 열었다.

"괜찮군."

그렇게 짧은 한마디를 던졌다. 평소와 다름없이 냉랭한 목소리였다.

그래서일까.

"거칠고 천박한 야생 원숭이라도 갈고닦으니 나름대로 그럴듯해 보인다 이거야?"

빈정거림조차 못되는 독설이 튀어나오는 것은 이제 조건 반사에 가까웠다.

"쇼 타임도 오늘 밤이 마지막이다. 너도 즐겨라."

즐길 수 있을 리 없다는 걸 알면서도 태연하게 말하는 이아손을, 리키는 살짝 눈을 치뜨며 물끄러미 노려보았다.

"당신한테 망신을 주지 않을 정도로?"

"상식의 범위 안에서."

"흥. 내가 얌전히 있어도 어차피 다른 놈들이 날 내버려 둘 리 없잖아?"

그것마저 시나리오라는 것도 화가 나지만 의외로 그거야말로 이번 쇼 타임의 하이라이트일지도 모른다.

"똑같은 짓을 두 번이나 되풀이할 정도로 무능하진 않을 텐데?"

누굴 말하는 걸까?

물론… 리키를 말하는 것이다.

'결국 그거냐?'

위기 회피 시뮬레이션 따위는 해봤자 소용없다는 걸 알면서도 굳이 그 이야기를 꺼내는 이아손의 확신범 같은 행동에 리키는 작게 한숨을 쉬었다.

"약간의 소동은 여흥의 일종이라 이거야…?"

"데뷔 파티 관람료치고는 나쁘지 않은 취향이지."

그런 말을 아무렇지도 않게 하니까 블론디답지 않게 악취미라는 말을 듣는 것이다. 이아손 본인은 그런 험담 따윈 신경조차 쓰지 않겠지만.

적당히 응대해도 온갖 소란의 촉수가 멋대로 엉겨 드는 것은 경험을 통해 지긋지긋할 정도로 잘 알고 있었다. 이아손의 손바닥 안에서 놀아나는 건 열 받지만 원하지도 않는 스캔들에 휘말리는 일은 그야말로 딱 질색이다.

"그 또한 새삼스럽긴 하지만…."

마지막 마무리를 하듯이 이아손은 자신의 손으로 리키에게 목줄을 채운 후 우아하게 리드 끝을 움켜잡았다.

19:00.

데뷔의 수줍음도 긴장감도 깡그리 무시하고 껄렁껄렁한 태도로 목줄을 맨 리키가 이아손에게 이끌려 파티장에 도착한 순간, 잔잔하던 웅성거림이 순식간에 고요하게 가라앉았다.

너무나도 노골적이라 리키는 더더욱 불쾌해졌다. 신입 펫들에게는 평생 최고의 화려한 무대일지도 모르지만 리키에게는 그저 우스꽝스러운 촌극에 지나지 않았기 때문이다.

회장에 모인 엘리트들의 시선은 다시 돌아온 리키에게 노골적인 호기심을 감추려 하지도 않았다. 그 발밑에 얌전히 웅크리고 있는

펫들의 눈빛은 아무리 한 달간 구경거리였던 리키의 얼굴과 이름을 이미 알고 있다 해도 꽤나 도발적이었다.

모멸과 질투.

혐오.

그조차 리키는 익숙했지만.

리키가 블론디의 펫이라는 점은 에오스 전체에 널리 퍼진 소문이며 그 사실을 모르는 자는 아무도 없다. 그러나 평소에는 좀처럼 보기 힘든 그와 주인이 함께 있는 모습은 단순히 호기심을 자극하기보다는 오히려 그들에게 예상 밖의 충격을 안겨줬다.

최고 권력자로 군림하는 블론디와 혐오의 대상인 슬럼의 잡종. 본래는 있을 수 없는, 아니, 있어서는 안 되는 금단의 조합. 그러나 시선을 빼앗은 '금'과 '흑'의 조합은 그 모든 감정을 능가했다.

요 한 달 동안 완전히 눈에 익은 '리키'의 리드를 쥐고 있는 이가 퍼니처가 아닌 '이아손'이라는 사실만으로도 풍기는 분위기가 완전히 달랐다.

유난히 산뜻하고.

그만큼 농밀하게.

하지만 몹시 배타적으로.

그 사실을 목격한 순간 펫들은 새삼 할 말을 잃었다.

게다가 다른 주인들 사이에서 당연히 일어야 할 비난과 비웃음조차 의미심장한 시선 하나로 상쇄되는 현실에 그들은 절대 권력의 진정한 힘을 깨달을 수밖에 없었다.

자신이 이아손의 펫이라는 사실 관계 외에는 깔끔하게 묵살 중인 리키에게는 블론디의 펫이라는 자리에 아무 집착도 없거니와 특별한 애착도 없었다.

비굴하게 굴지도 않고 잘난 척하지도 않는다.

리키는 그런 태도가 타인의 눈에는 얄미울 정도로 뻔뻔스럽게 보인다는 사실조차 안중에 없었다.

신입 펫들을 위해 마련된 특별 케이지 안에서 일련번호가 아닌 새로운 자신의 '이름'을 불리고 스포트라이트를 받는 영광. 리키에게는 그저 혐오스러운 짓거리일 뿐이지만 그 영광을 두 번이나 맛볼 기회가 주어진 파격적인 펫은 지금까지도 앞으로도 오직 리키뿐이리라.

그것만으로도 도발적인 질투와 적의의 대상이 되기에는 충분했다.

신입은 일정 시간 동안 케이지 안에서 구경거리가 된 후에 해방된다.

굳이 다른 펫들과 선을 긋는다기보다는… 그들이 리키를 기피하는 것뿐이지만 리키 입장에서는 오히려 섣불리 시비를 거느니 그쪽이 편했다.

원하든, 원하지 않든 다른 어린아이들에 비해 유연하고 성숙한 색향과 그를 능가하는 위압감을 뿜어내는 리키의 영역 안에 발을 들여놓는 무모한 도전자는 아무도 없었다.

그것이 지난번 데뷔 파티 때와 가장 다른 점이리라.

센터 빌딩 최상층에서 리키를 시종으로 착각하여 반말과 폭언을 퍼부었던 아이들의 태도도 완전히 달라져 있었다. 필사적으로 눈을 마주치지 않으려고 애쓰면서도 강한 호기심에 사로잡혀 도저히 리키를 의식할 수밖에 없다는 눈치였다.

'이번엔 왠지 맥이 빠지는군…. 아니, 그래도 쓸데없이 신경 쓰지 않아도 되니까 편해서 좋은걸.'

괜한 허세를 부리는 게 아니다.

이래서야 이아손이 말한 '여흥'은 성립될 수 없다. 그것만으로도 리키는 만세를 부르고 싶은 심정이었다.

덕분에 케이지 윗부분의 버추얼스크린에 비치는 신입 펫의 프로필도 찬찬히 훑어볼 수 있었다. 지난번에는 끊임없이 날아오는 폭언과 모멸의 시선을 두 배로 요란하게 갚아주느라 바빠서 그런 게 있다는 사실조차 알아차리지 못했었다.

'흐응…. 엘리파스의 펫은 발디아산(産)인가. 오닉스 레벨치고는 꽤나 돈을 들였군. 혹시 물건을 고를 때 허영을 부리는 타입인가?'

엘리트는 절대 계급 제도이기 때문에 펫도 그에 걸맞은 레벨의 생산 센터에서 구입하는 것이 암묵적인 룰이다.

그러나 최고위 블론디가 슬럼의 잡종을 에오스로 끌어들인 시점에서 그 정도는 개인의 재량에 맡기게 된 것일까, 어쨌든 룰도 어느 정도 느슨해졌는지도 모른다.

'남자는 모두 할례를 마쳤군. 흐응… 그게 요즘 유행인가?'

힘의 논리로서의 상징과 남근이 상등하지는 않지만 발기력과 지속력, 테크닉 세 가지가 인기 있는 남자의 하반신 요소로써 가장 중요하다 여기는 슬럼에서, 포피가 벗겨지지 않은 남자는 사내로서 미성숙하다는 편견이 뿌리 깊게 박혀있다.

그렇다고 그게 할례를 용인한다는 뜻은 아니다.

약육강식의 법칙이 지배하는 슬럼에서 남근의 칼자국은 린치의 흔적이라는 통념이 있기 때문이다. 그 이유가 무엇이든 그런 상처를 지닌 자는 슬럼에서 업신여김을 당한다는 현실에는 변함이 없다.

그렇고 그런 종류의 바에 가면 섹스 상대를 어렵지 않게 구할 수 있지만 하반신 사정에 비교적 관대한 잡종도 그런 쪽 소문만은 별개의 문제로 친다.

에오스의 저속한 농담 중에 섹스 전 펫의 포피를 벗기고 자위를 가르쳐주는 임무는 담당 퍼니처의 역할이라는 말이 있다. 그러나 실제로 펫과 퍼니처의 성적 행위는 발각되면 엄벌에 처해진다. 물론 주인이 허락한 경우는 다르지만.

리키의 기억이 틀리지 않다면 남자 펫의 경우 포피가 벗겨지지 않은 것이 순결의 증거이며 그것이 교배 파티에서 '첫 경험'이라는 부가가치가 된다고 믿는 펫들이 많았다.

펫이 그러한 버진 선언을 아무렇지도 않게 지껄이며, 그러니까 슬럼의 잡종과 자신은 '격'이 다르다고 면전에서 리키를 매도한 적이 있다.

'이 녀석들, 진짜 머리가 썩은 거 아니야?'

그때만은 아무리 리키라도 진심으로 질리고 말았다. 역시 펫의 가치관도 시대에 따라 변하는 건지도 모른다.

어쨌든 이번에는 케이지 속에서 구경거리가 되는 동안에는 아무것도 하지 않아도 되는 모양이다. 리키는 시간을 때우기 위해 신입 펫의 프로필을 바라보며 이름과 얼굴을 한 명 한 명 머릿속에 새겼다.

"…따분하군."

특설 케이지와 가장 가까운 위치에 자리 잡은 블론디 전용 테이블에서 기드온 라가트는 소파에 깊숙이 몸을 묻은 채 언짢은 얼굴로 말했다.

혼잣말이라기에는 너무나도 노골적인 어조에 기드온의 펫은 자신이 주인의 노여움이라도 사지 않았나 걱정하며 주인의 발밑에서 움찔 몸을 움츠렸다.

보통 펫끼리 얼굴을 마주하면 끊임없이 이야기꽃을 피우지만 이런 특별한 파티에 주인과 함께 참석할 경우 쓸데없는 잡담은 금지되어 있다. 따라서 펫은 주인의 발밑에 얌전히 앉아있는 수밖에 없다.

마찬가지로 펫 전용 살롱에는 음식과 음료수가 상비되어 있어서 마음대로 먹고 마셔도 되지만 공식 석상에서는 주인이 직접 주는 음식밖에 먹을 수 없다. 평소에는 자유분방하게 행동하는 펫들도 그런 의미에서는 엄격한 예법을 요구당하기 때문에 나름의 긴장을 늦출 수 없다.

펫의 실수는 주인의 수치.

공식 석상에서 예의 없이 굴면 처벌이 기다리고 있다. 에오스의 펫이 누구나 한 번쯤은 경험하는 체벌은 조교의 일환으로서 아픔과 공포와 절대복종을 심어주기 위함이다.

"따분하다니, 뭐가?"

기드온의 혼잣말을 나무라듯 오르페가 말했다. 이 파티는 오르페의 주최이니 당연하다면 당연한 반응이다.

"좋지도 않고 나쁘지도 않고, 뭔가 예상 밖의 놀라움도 없어서 따분해."

"예상 밖의 놀라움… 이라?"

의미심장한 어조로 말하며 아이샤 로젠이 슬며시 웃었다.

과거 아이샤의 펫과 리키 사이에는 불화가 있었다.

아니, 불화 운운하기에 당시 리키는 모든 펫들과 적대관계라 해도 과언이 아니었다. 그중에서도 아이샤의 펫과 특히 최악의 관계였을 뿐.

엄밀히 말하자면 아이샤의 펫이 일방적으로 리키를 눈엣가시 취급하며 눈에 띌 때마다 덤벼들었다가 오히려 반격을 당하는 패턴이었다.

아카데미산의 자부심과 잡종의 고집은 양립할 수 없다. 물론 그런 이유도 있지만 그보다는 설령 품종 개량된 순혈종이라 해도 영역을 주장하며 감정을 드러내는 '수컷의 본능'만은 어쩔 수 없다는 사실을 주위에 널리 보여준 사례라고 할 수 있다.

라울은 그런 일련의 연쇄 반응을 '충동의 방아쇠'라고 불렀으나 그와는 반대로 아이샤는 눈에 보이는 데이터만으로는 알 수 없는 숨겨진 인자를 생각지도 못한 형태로 들춰내는 잡균(리키)의 감염력에 큰 흥미를 보였다. 물론 그 사실을 노골적으로 입 밖에 내지는 않았지만.

"순진한 어린양들 사이에 뻔뻔한 중고 신입이 섞여 있다는 사실만으로도 충분히 놀라운 듯한데?"

마커스 제이드의 지적은 은근히 가차 없었다. 그는 암암리에 이아손의 방식에 대한 불쾌함을 감추려고 하지도 않았다.

"그러니까 그에 걸맞은 자극이 부족하다는 말이야."

"대체 어떤 자극을 말하는 거지?"

"이런 기회가 아니면 좀처럼 볼 수 없는 신선한 여흥이라든가."

기드온이 한층 거리낌 없이 말했다.

"…그렇다는군. 이아손, 자넨 어떻게 생각하지?"

"지금 여기서 내게 왜 그런 말을 하는 거지. 실수 없이 첫선을 보이는 큰일을 해내는 게 저들의 역할 아닌가?"

"파티의 정장이라는 조건마저 깨끗이 묵살한 자네가 그런 말을 해봤자 아무 설득력도 없을 듯한데?"

실베르 도미나가 흘낏 시선을 던지며 비꼬듯이 말했다.

"떠났다가 돌아온 저 녀석에게 어떤 순진함을 강조하라는 거지? 지난번과 똑같은 상황을 재현해주기 바라나?"

하지만 이아손은 가볍게 받아넘겼다.

"아니… 그건 아무래도 곤란하겠지."

재빨리 끼어든 라울은 이대로 아무 일 없이 파티가 끝나기를 바라는 온건파의 필두였다.

단순한 비아냥도 리키가 입에 담으면 위력이 배가 된다. 그러면 아무 면역력도 없는 자들은 모조리 나가떨어지고 말 것이다. 지난 번에는 그 때문에 심신증에 걸리거나 트라우마가 생긴 펫들이 속출했을 정도다.

그때에 비해 리키가 아무리 '어른이 되었다'고 해도 그건 어디까지나 겉보기에만 그런 것뿐이다. 잡종의 본질은 그리 쉽게 변하지 않는다.

"고향으로 돌아가 있는 동안 잡종의 본능도 더욱 강해진 것 같고 말이야."

"빠져버린 송곳니도 다시 자라났을까?"

칭찬이라고는 할 수 없지만 나름대로 호기심을 숨기지 않는 친우의 말에도 이아손은 눈썹 하나 까딱하지 않았다.

"저 녀석에겐 노골적인 노출보다 오히려 본디지 계열의 에로티시즘이 어울릴 것 같긴 하지만."

기탄없는 아이샤의 발언에 여기저기서 의미심장한 웃음이 흘러나왔다.

그런 그들의 발밑에서 대화의 의미조차 제대로 이해하지 못한 펫들은 주인의 낯선 웃는 얼굴에 놀라며 모두가 홀린 듯이 넋을 잃고 있었다.

"그런데 저 녀석의 펫 링은 여전히 D타입인가?"

"그래."

"다시 조교가 필요한가?"

"익숙한 물건이 제일 잘 어울리니까. 그뿐이다."

"특별 제작한 페니스 링을 착용한 성질 나쁜 펫은 저 녀석밖에 없겠지만.”

“그걸 흉내 내서 한때 하니스 링이 유행하기도 했지만… 굳이 따지자면 혹평이었지.”

수컷 펫의 음경과 고환을 세 개의 고리로 묶는 성기용 하니스 링은 특이함 탓에 한때 제법 유행했으나 결국 늘 가랑이를 드러내는 품위 없는 구경거리에 불과할 뿐 실용적인 섹스 파티에는 어울리지 않는다는 악평을 받았다.

펫 링은 어디까지나 ID 대용 액세서리이기 때문에 하니스는 발기할 때 세세한 조정에도 한계가 있기 마련이었다.

아픔에 내성이 없는 소년들이 섹스 도중 엉엉 울음을 터뜨리기라도 하면 흥이 깨지는 것도 문제였다.

“펫 링은 노출을 해야만 가치가 드러나는 법이지. 그렇게 생각하지 않나? 이아손.”

“슬럼의 잡종에게 어울리지도 않는 액세서리 따위는 필요 없어.”

즉각 대답하는 이아손의 목소리에는 한 치의 흔들림도 없었다.

리키는 존재감 자체가 희소하다. 쓸데없이 비굴하게 굴지 않고, 누구를 상대로도 굽히지 않는 한 쌍의 검은 눈동자는 그 어떤 고가의 보석보다 가치가 있다.

발밑의 펫들은 D타입의 펫 링이 어떤 것인지 실제로 본 적은 없으나 수컷 전용 조교 링이라는 사실만은 알고 있었다. 그래서 그들은 이아손의 말을 곧이곧대로 받아들였다.

사납고 거친 잡종에게는 그런 최저 레벨의 조악한 물건밖에 주어지지 않는 거라고.

지금 그 사실을 분명 이아손의 입으로 확실하게 들었다. 역시 리키는 혈통서가 있는 자신들과는 달리 한참 격이 떨어지는 존재다. 그렇게 생각하니 끓어오르는 질투심도 조금은 가라앉는 것 같았다.

그러나 블론디들은 알고 있었다. 리키를 위해 주문 제작한 그 펫 링은 평범한 액세서리보다 훨씬 고가의 가치를 지닌 최신기술의 결정이라는 사실을.

그러나 그 실용성을 자신의 눈으로 직접 확인할 기회는 한 번도 없었다. 이아손이 그런 파티에 단 한 번도 리키를 데려오지 않았기 때문이다.

"이아손."

"뭐지?"

"파티에는 여흥이 필요한 법이지."

"그래서?"

"D타입의 실용성을 한 번쯤 보여주어도 괜찮지 않을까?"

"대가는 이미 충분히 치른 것 아닌가?"

"그러니까 여흥 삼아서."

기드온은 어디까지나 '여흥'을 강조했다.

"신입이 어느 정도 부끄러운 모습을 드러내는 것도 데뷔 파티의 암묵적인 룰이지. 오늘의 주인공인 펫들이 특설 케이지 안에서 에오스의 세례를 받는 동안 중고 신입 혼자 여유를 부리는 건 룰 위반이잖아?"

말도 안 되는 억지를 부리며 기드온은 케이지를 턱으로 가리켰다.

휘황찬란한 스포트라이트가 비추는 케이지 속, 어색하게 애써 웃음을 뿌리는 신입들은 많은 사람들이 지켜보고 있다는 긴장감 때문인지 아까부터 유난히 자신의 글라스에 음료수를 따라서 들이키고 있었다. 그러나 리키만은 글라스에 손도 대지 않았다.

"과연… 역시 한 번 떠났다가 다시 돌아온 녀석은 경계심을 감추지 않는군."

"신입의 데뷔 파티 때 보였던 추태가 어지간히 트라우마로 남아 있는 것 아닐까?"

"나름대로 재미있는 구경거리였는데."

의미심장하게 한쪽 뺨으로 웃는 주인들의 발밑에서 펫들은 서로 눈짓을 하며 발그레 뺨을 붉혔다. 데뷔 파티 때 처음 맛보았던 자신들의 추태가 문득 떠올랐기 때문이다.

"슬럼의 잡종은 모두 거칠고 천박한 마약중독자인 줄 알았는데 녀석은 의외로 깨끗했지."

"내성이 전혀 없을 줄이야. 뜻밖에 놀랐지 뭐야."

케이지 중앙의 테이블에는 칵테일 블렌딩이 된 음료수가 몇 종류 놓여 있었다. 그 안에는 가벼운 미약이 섞여 있다.

그 사실을 알고 있기에 리키는 글라스에 손도 대지 않았다.

기드온은 그걸 '룰 위반'이라고 말하고 있는 것이다. 리키가 잔에 입을 대길 거부한다면 다른 뭔가로 그 점을 상쇄하라고.

D타입의 링은 단순한 장식이 아니다. 슬럼의 잡종이라는 규격

외의 야생동물을 조교하기 위해 이아손이 일부러 특별 주문한 제품이다. 어쨌든 블론디의 펫으로 부끄럽지 않을 만큼 길들이기 위해서.

물론 특수하게 주문 제작된 링의 상세한 데이터를 얻는 것도 하나의 목적이기는 했다.

기드온이 그 특성을 보여달라고 끈질기게 요구하는 것은 지금까지 그 누구도 실제로 효능을 본 적이 없기 때문이다. 이아손이 이번에도 예전처럼 리키를 파티에 내보낼 생각이 없다는 사실은 눈에 뻔히 보였다. 이 기회를 놓치면 두 번 다시 직접 볼 기회는 오지 않으리라.

그래서였다.

물론 특화된 기술이 응축된 펫 링에 대한 순수한 흥미만이 아니라는 것쯤은 누가 봐도 알 수 있었지만.

"좋다."

천천히 한마디를 내뱉은 후 이아손은 왼손 중지에 낀 커다란 링을 살짝 만지작거렸다.

특설 케이지 속, 리키는 버추얼스크린에 비치는 펫들의 프로필을 한차례 훑어본 후 다시 시선을 돌려 중앙 테이블에 모여 있는 어린아이들을 바라보며 가볍게 혀를 찼다.

'야, 너희들. 아무리 목이 말라도 독이 들어있는 그런 주스를 벌

컥벌컥 마시면 안 돼. 어떻게 되어도 난 모른다.'

테이블에 놓여있는 음료가 단순한 음료수가 아니라는 사실을 리키는 알고 있었다. 이전 파티에서 겪었던 씁쓸한 체험을 떠올리며 리키는 한껏 눈썹을 찡그렸다.

그때 특설 케이지 안에서 자신을 실컷 바보 취급하던 아카데미 산 펫에게 요란하게 한 방 먹인 후, 리키는 기세등등하게 음료수를 들이켰다. 목이 말라서 견딜 수 없었기 때문이다.

다른 펫들은 고상한 척하며 병에 든 음료를 글라스에 따라 마셨지만 리키는 그렇게 귀찮은 짓은 하지 않았다. 병에 직접 입을 대고 벌컥벌컥 들이켰다.

입가로 과즙이 흘러내려도 아무렇지 않았다. 혀로 입술을 핥았고 턱에서 흘러내리는 물방울을 손등으로 거칠게 닦았다.

물론 일부러 저지른 짓이었다.

케이지 안뿐만 아니라 케이지를 둘러싼 주위에서도 노골적인 야유와 조소가 일었지만 리키는 조금도 신경 쓰지 않았다. 슬럼의 잡종이라는 정체를 모두 알고 있는 이상 쓸데없이 체면을 차릴 필요가 없었다.

아니, 오히려.

다른 펫들은 하고 싶어도 할 수 없는 거칠고 상스러운 행동을 주위에 보여줌으로써 이아손에게 창피를 줄 생각이었다. 블론디의 체면이 짓뭉개졌으면 좋겠다는 생각마저 들었다.

그러나.

그런 오기도 곧 사라졌다. 몸이 묘하게 뜨겁고 욱신거리기 시작한 것이다. 그것이 명확한 발정의 신호라는 것을 깨달았을 때에는 이미 늦은 상태였다.

슬럼의 잡종은 13세에 성인이 된다. 에오스의 펫은 10세를 넘으면 교배 파티에 참석할 만큼 조숙하지만 13세의 리키도 일찌감치 동정을 버렸다.

상대는 물론 가이였다. …아니, 그보다 가이와는 정신적인 유대가 더욱 강해서 리키는 가이와 함께 있을 수 있다면 섹스 따윈 아무래도 좋았다.

가이가 하고 싶다고 해서 했다. 그뿐이었다.

그래서 두 사람의 섹스는 언제나 부드럽고 온화했다.

안고, 안겨서 만족했다.

리키도 가이도 굶주린 듯 탐욕스러운 섹스는 해본 적이 없었고 할 필요도 없었다.

그러나.

에오스로 강제 연행되어 매일같이 다릴에게 구음을 받고 이아손의 손에 의해 가차 없이 쾌감을 발굴당한 몸은 주어지는 쾌락에 지독히 민감해졌다. 설령 그것이 미약에 의한 발정이라 해도 일단 불이 붙은 쾌감은 거부할 수 없었다.

리키는 하반신을 조이는 비키니 팬티 안에 손을 집어넣고 정신없이 자신의 성기를 훑었다.

단단해진 유두는 도톰하게 부풀어 올라 천이 스치는 미약한 자극에도 욱신거렸다.

몸 전체가 뜨거워서 견딜 수 없었다.

뜨겁고.

욱신거리고….

경련이 일었다.

그러나 아무리 거칠게 자위해도 사정에 이르지는 못했다.

음료에 섞여 있는 미약은 어디까지나 성교 경험이 없는 초심자의 성적인 흥분을 자극하기 위한 것이라, 발정 스위치는 눌러도 오르가슴에는 도달할 수 없는 약이었기 때문이다.

리키에게 가장 최악이었던 것은 초심자에게는 부작용이 없다고 일컬어지는 흥분제의 일종 '제로키나제'와 리키의 상성이 몹시 안 좋았다는 점이다.

생산 센터별로 무균 배양된 펫의 개체 데이터는 완벽하여 그들에게는 어떤 부작용도 일으키지 않지만 슬럼의 잡종을 배드 트립으로 빠뜨리기에는 충분하고도 남았다.

다른 펫들이 기분 좋게 다리를 벌린 채 미숙한 성기를 더듬고 달콤한 숨을 내뱉으며 음란한 행위에 몰두해 있을 때 리키는 홀로 몸을 뒤틀며 정신없이 몸부림쳤다.

다음 날 아침 자신의 침대에서 눈을 뜰 때까지 기억은 완전히 뚝 끊겨 있었다.

자신이 무슨 짓을 했는지 전혀 기억나지 않았다. 그야말로 추태의 극치였다.

게다가 부작용의 후유증인지 머리는 지끈지끈 아프고, 현기증이 나고, 토할 것 같고… 그날 하루 종일 리키는 침대에 기진맥진한 상태로 누워 있었다.

그런 괴로운 경험 덕분에 리키는 살롱에 놓여있는 음료에는 절대 손을 대지 않았다. 펫에게는 간식 대신인 디저트에도.

목이 말라서 참을 수 없을 때에는 상비되어 있는 과일 중 자신의 방에서 먹어본 적이 있는 익숙한 과일만 골라서 먹었다.

운동 부족과 스트레스 해소를 위해 스트레칭을 하러 버추얼룸에 갈 때에는 전용 보틀에 음료수를 넣어서 가지고 다녔다.

다릴은 그렇게까지 신경질적으로 굴 필요는 없다고 했지만 당시 리키는 그 말조차 믿을 수 없었다.

방에서 한 발자국만 나가면 주위는 온통 리키를 기피하고 멸시함으로써 자신의 존재 가치를 확인하려 드는 자들뿐이었다. 싸움을 걸어오면 절대 지지 않을 자신은 있었지만 살롱에서 뭔가를 입에 넣는 행위 자체에 뿌리 깊은 저항감이 느껴져서 도저히 불신을 떨쳐버릴 수 없었다.

그 후 리키도 이아손과 함께 몇 번인가 데뷔 파티에 참석했다. 이아손의 재량으로 다른 파티에는 참석하지 않아도 되지만 신입 펫들이 첫선을 보이는 데뷔 파티에는 리키의 의사와 관계없이 반드시 참석해야 하기 때문이었다.

그러나 트라우마를 자극하는 특설 케이지에는 한 번도 시선을 보낸 적이 없었다. 퉁명스러운 얼굴로 이아손의 발밑에 앉아서 꾸벅꾸벅 졸거나, 헤드폰으로 음악을 듣거나 둘 중 하나였다.

다른 블론디들이 비꼬듯이 '버릇없다'고 말해도 눈길조차 주지 않고 묵살했다.

그런 경험을 통해 리키가 알게 된 것은 음료수에 들어있는 미약에도 펫들마다 특유의 상성과 내성이 있으며 신입 펫의 데뷔는 그 실험도 겸하고 있다는 사실이었다.

데이터를 토대로 펫 개체에 맞는 오리지널 미약을 조합하여 교배 파티에서 사용하는 것이다. 음란함은 펫 최대의 미덕—그런 철저한 각인과 함께.

하지만 리키는 그런 종류의 미약은 복용한 적이 없었다. '앞'으로든 '뒤'로든 다른 누구와도 성교를 한 적이 없기 때문이다. 유일했던 미메아와의 정사… 단 한 번뿐인 과오를 제외하고는.

즉 사람들이 지켜보는 가운데 교접하는 자유로운 섹스가 상식인 에오스에서 리키가 화려하게 추태를 드러낸 적은 전에도 앞으로도 4년 반 전, 단 한 번뿐일 것이다.

리키 입장에서는 단 한 번뿐인 추태라 해도 그럴 수만 있다면 기억 속에서 지워버리고 싶은 과거의 오점이었지만.

그래서 리키는 아무리 목이 말라도 테이블의 음료에는 절대 손을 대지 않았다.

케이지 안에는 벌써부터 눈이 촉촉하게 젖은 자도 있었다.

귀 끝까지 발개져서 유달리 가쁜 숨을 내뱉는 자도 있었다.

아직 경험이 없는 소년도, 살짝 가슴이 부풀어 오르기 시작한 소녀도, 강제로 발정시키면 나름대로 부끄러운 모습을 드러낸다. 그것이 데뷔의 의미. 이 파티장에 있는 자들에게는 최대의 오락인 것이다.

리키는 그 모습을 흘낏 바라보았다.

'정말 우스꽝스러운 촌극이군. 빨리 끝났으면.'

그리고 반쯤 무의식적으로 이를 악물었다.

그때였다.

다리 사이의 링이 서서히 뜨거워지기 시작했다.

느껴질 듯 말 듯, 그렇게 어렴풋한 위화감….

그러나.

다음 순간.

음경 뒤를 누군가가 혀로 핥아 올리는 듯한 기분이 들어서 흠칫 숨을 삼켰다.

'어… 째서?'

그 의문은 단순한 착각이 아닌 현실로 직결되었다.

미약하지만 짜릿짜릿한 자극. 그것이 링을 통해서 피부 아래의 신경을 확실하게 자극했다.

다리 사이를 중심으로 쾌감이 술렁술렁 물결쳤다.

'이… 자식….'

리키는 눈을 부릅뜨고 고개를 돌려 이아손이 있는 블론디 전용 테이블을 노려보았다.

* * *

"호오…."

"과연."

"그것참 알기 쉬운 반응이군."

"멍하던 얼굴에 단숨에 스위치가 들어갔는걸."

"역시 최신 기술이군."

"뭐지, 저 불손한 눈초리는."

"노려보는군."

"이건 우리 블론디에 대한 불경죄다."

"버릇을 잘못 들였군, 이아손."

"아직… 여유가 있어 보이는데."

"제법 재미있는 반응인걸."

"어떤 의미로는 돌변이군."

"이아손, 저건 어느 정도 레벨이지?"

"전압을 좀 더 올려보면 어떨까?"

시선을 리키에게 고정한 채 블론디 군단은 멋대로 지껄여댔다.

그 대화의 의미 따윈 상관없이 펫들은 매서운 눈빛이라고 하기에는 너무나도 강렬한 리키의 시선에, 또한 펫으로서 있을 수 없는 사나운 태도에 새삼 경악했다.

그리고 이아손은 어디에 있어도, 무슨 일이 있어도 변하지 않는 리키의 본질에 입가를 휘며 조용히 웃었다.

에오스에서 자신이 선택받은 특권 계급의 일원임을 모두에게 알리는 통과 의례.

데뷔의 여흥이 끝나고 신입 펫들을 둘러싸고 있던 특설 케이지가 사라져도 누구 한 사람 일어서는 자는 없었다.

아니… 다들 발정이 난 채로 뇌까지 흐물흐물 녹아내려서 몸을 일으키지 못하고 있었다. 그것이 평범한 반응이다.

그런 신입들의 추태는 다양한 각도로 줌 업 되어 버추얼스크린에 빠짐없이 비치고 있었다. 케이지가 치워진 것을 신호 삼아 드디어 자유로이 즐길 수 있게 된 펫들이 아직 음란한 꿈속을 헤매는 신입들을 가까이에서 살펴보며 즐기기 위해 앞을 다투어 달려갔다.

펫에게는 펫 나름대로 즐기는 방법이 있다.

여흥이 끝나도 신입들의 수난… 아니, 세례는 끝나지 않는다.

아니, 그랬어야 했다.

1인용 소파에 몸을 웅크린 채 꿈쩍도 하지 않았던 리키가 문득 천천히 일어서기 전까지는.

시끄럽게 떠들어대던 펫들이 한순간 눈을 동그랗게 뜨며 움직임을 멈췄다.

다른 신입들처럼 미약이 든 음료수를 마신 것은 아니지만 중간부터 눈에 띄게 상태가 이상해진 리키를 바라보며 주인들은 떠났다가 다시 돌아온 징벌로 사전에 지효성 최음제라도 복용시킨 모양이라고 수군거렸다.

펫들은 주인들의 대화에 귀를 기울이고 있었던 건 아니지만 마치 홀로 승자의 여유를 부리는 것 같았던 잡종의 얼굴에서 여유가 사라진 모습을 보고 울분과도 같은 체증이 조금은 가시는 듯한 기분을 느꼈다.

그러나 역시 다시 돌아온 잡종은 예상을 뛰어넘는 희귀한 짐승이었다.

자신은 다른 펫들과 전혀 다르다는 사실을 보여주기라도 하려는 듯이 리키는 자신의 발로 일어서서 숨을 삼킨 채 상황을 지켜보는 펫들을 사나운 시선으로 훑어본 후 뻣뻣하지만 느릿느릿한 걸음으로 걷기 시작했다.

펫들은 얼떨결에… 아니, 영문도 모른 채 압도당해서 겁을 먹은 듯이 리키에게 길을 양보했다.

그리고 리키는 이아손의 테이블로 걸어갔다. 일부러 천천히. 기분 좋을 만큼 단호한 평소의 걸음걸이와는 전혀 달랐다.

조금 전까지 예법대로 얌전히 주인의 발밑에 웅크리고 있던 블론디의 펫들은 이제 없다.

지금 테이블에 있는 것은 에오스 최고위에 군림하는 13인의 블론디뿐. 그런 절대 권력의 구현자들 앞에서도 리키는 겁을 먹기는커녕 사나운 표정을 감추지 않았다.

"과연 슬럼의 잡종은 터프하군."

반쯤 어이없어하며 오르페가 말했다.

"1년 반 만이니까. 나이를 먹은 만큼 뻔뻔함도 늘어났나?"

아이샤의 말속에도 가시가 숨어 있었다.

"언제나 예상치도 못한 짓만 저지르는 희귀한 짐승인 것만은 틀림없군."

기드온은 한쪽 뺨에 미소를 지었다.

그러나 리키의 두 눈은 오직 이아손만을 바라보고 있었다.

"…돌려놔."

입 밖으로 흘러나온 목소리는 그답지 않게 잔뜩 쉬어 있었다.

미약한 자극은 아직 끊이지 않았다.

"뭘 말이지?"

돌아보는 이아손의 냉랭한 말투는 여느 때와 다름없었지만 그조차 신경에 거슬렸다. 자신은 이토록 여유가 없는 데에 비해 이아손이 너무나도 태연했기 때문이다.

"이 자식…, 돌려놔!"

리키는 사납게 눈을 치떴다.

펫으로서 있을 수 없는 오만함.

용서받을 수 없는 폭언.

절대복종이 유일한 규칙인 주인을 상대로 반말과 폭언을 내뱉는 리키의 태도에 펫들은 술렁거리기 시작했다. 소문으로만 듣던 잡종의 편린을 엿본 듯한 기분이었다.

"왜 케이지의 음료를 마시지 않았지?"

굳이 뻔한 것을 묻는 이아손에게 짜증이 났다.

"독이 든 걸 알고도 마시는 바보가 어디 있어?"

"그 대신이다."

"뭐?"

눈을 한껏 찌푸리며 리키는 불퉁하게 입술을 내밀었다.

"너 혼자 경험자의 여유를 부리는 건 예의에 어긋나는 룰 위반이라고 해서 말이야."

누가?

그렇게 묻지는 않았다. 리키는 노골적인 분노를 담아 테이블에 앉아있는 블론디 군단을 노려보았다.

"이아손, 여전히 조교가 안 되어있군."

실베르가 가시 돋친 어조로 말했다.

자신을 기르는 주인 앞에서는 특별한 지시가 없는 한 무릎을 꿇고 공손한 자세를 취하는 것이 펫의 상식이다.

그 점을 잊지는 않았지만 아까부터 흘러나오는 미약한 전류가 고동과 사고를 마구 휘젓는 바람에 리키의 머릿속에서 그런 상식 따윈 모조리 날아가 버리고 말았다.

"그렇군."

그렇게 말하며 이아손은 손가락의 반지를 살짝 어루만졌다.

순간.

욱신거리던 쾌감이 느닷없이 온몸을 꿰뚫었다.

"흐윽… 아아아아…."

리키는 잔뜩 잠긴 교성을 지르며 그 자리에 무너져 내렸다.

지금까지 미약한 전류였던 것이 지금은 정확하게 노리듯 쾌감을 자극했다. 그 자극에 리키는 다리 사이를 움켜쥐며 움찔움찔 하반신을 경련했다.

'그만… 뭐… 싫, 어… 그만.'

링에 의해 강제로 주어지는 쾌감은 일말의 자비도 없었다. 끊임없이, 빈틈없이, 일정한 리듬으로 리키를 유린했다.

이런 무기질적인 쾌감 따위, 완전히 잊어버리고 있었다. 이아손에게 안기는 동안 링은 리키의 쾌감을 오랫동안 유지시키기 위한 굴레, 즉 사정을 막는 용도로밖에 사용되지 않았기 때문이다.

이아손의 손길과는 전혀 다른 감촉에 도무지 익숙해지지 못한 채 리키는 그저 목을, 목소리를, 하반신을 꼴사납게 경련할 수밖에 없었다.

'이 자식… 죽여 버릴 거야.'

'언젠가 꼭 죽여 버릴 거야.'

'반드시… 죽여 버리고 말 거야!'

소리 없는 욕설은 저주조차 될 수 없는 자가중독과도 같았다.

그렇게 이아손을 욕하며 입술을 깨물지 않으면 한없이 달콤한 교성이 튀어나올 것만 같았기 때문이다.

온몸 곳곳에 끈적끈적하고 짙은 이아손의 독이 스며들어 있었다.

'빌어먹을….'

자신이 얼마나 음란해질 수 있는지 리키는 알고 있었다.

'그만둬어어.'

그러나 그 모습을 다른 이들에게 보이는 것은 참을 수 없었다.

'그만둬어어어어!'

절대 싫었다.

이아손은 천천히, 그리고 우아하게 자리에서 일어섰다. 목소리를 죽인 채 쾌감에 몸부림치는 리키 옆으로 다가가서 살짝 흐트러진 검은 머리를 손가락에 감으며 속삭였다.

"이건 버릇없이 군 것에 대한 벌이다."

한 번 떠났다가 다시 돌아왔기 때문이 아니라.

데뷔 파티의 룰 위반 때문이 아니라.

정식 파티에서 건방지게 군 것에 대한 징벌.

뇌를 휘젓는 쾌감에 괴로워하며 리키는 이를 악물었다.

만만치 않은 자들만 모여 있는 블론디의 도발에 섣불리 넘어가서 호된 꼴을 당하고 말았다. 자업자득이라기에는 울화가 치밀어서 다른 의미로 머리가 끓어올랐다.

데뷔 파티가 끝난 것은 22:00이었다.

떠날 때와 마찬가지로 이아손에게 목줄을 끌려 방으로 돌아올 때까지 리키는 끔찍한 고행을 강요당했다.

"다녀오셨습니까."

공손하게 맞이하는 칼의 목소리조차 아득하게 느껴졌다.

참았던 숨을 커다랗게 내쉬며 리키는 가쁘게 뛰는 고동을 가라앉혔다.

육체적으로는 물론, 그 이상으로 정신적인 피로가 밀려왔다. 이 방을 나갈 때보다 10배쯤 심한 피로가 느껴졌다.

하지만 아직 끝이 아니다.

파티장에서 실컷 추태를 부리게 했던 열이 아직도 가시지 않았다. 땀을 흘려도 쓸데없는 열은 고이지 않는 탱크톱도 지금은 살갗에 진득하게 들러붙어 있었다.

링의 자극은 사라졌건만 여운이라고 부르기에는 지나친 쾌감이 리키를 괴롭혔다.

이상하다.

왜?

어째서?

리키는 당장에라도 그 자리에 주저앉고 싶은 것을 필사적으로 참으며 부들부들 떨리는 다리로 고집스럽게 버티고 서서 목줄에서 리드를 풀어주기를 기다렸다.

"벗겨라."

이아손이 짧게 말했다.

한순간 가슴이 철렁 내려앉았다.

칼의 목소리는 아득하게 느껴지는데도 우아한 이아손의 미성은 마비된 머릿속에 또렷하게 울려 퍼졌다.

『무엇을?』

그렇게 묻지는 않았다.

『누구의?』

그렇게 묻지도 않았다.

칼은 당연히 리키의 재킷으로 손을 뻗었다.

보통 이아손이 지켜보지 않을 때에는 항상 자신의 손으로 재빨리 벗어버리곤 했지만 지금은 시키는 대로 얌전히 몸을 맡겼다.

펫을 단장시키는 것은 퍼니처의 기본이기 때문이다.

이아손에게 안긴 후의 부끄러운 모습 따윈 이미 몇 번이나 보였다. 다릴이 있을 때와 마찬가지로 이아손이 아무것도 숨기려 하지 않았기 때문이다.

자신이 흘린 정액과 애널에 달라붙은 정액으로 끈적끈적해진 몸을 뒤처리해주는 것에도 그다지 혐오감은 없었다.

아니… 익숙해질 수밖에 없었다.

설령 리키의 어디를, 무엇을, 어떤 식으로 휘젓는다 해도.

해야 할 일을 하는 것이 퍼니처의 의무다. 그러지 못하면 퍼니처의 과실이자 태만이 된다.

할 수 없는 이유가 아무리 불합리하다 해도 퍼니처에게는 어떠한 변명도 허락되지 않는다. 다릴과 함께했던 3년 동안, 리키는 몸서리쳐질 정도로 그 사실을 깨닫게 되었다.

『이 방에서 당신이 매일매일 쾌적하게 생활할 수 있도록 최선을 다하는 것. 그것이 저에게 주어진 임무이자 긍지입니다. 타인의 도움 따윈 필요로 하지 않고 살아온 당신에게 무엇보다도 큰 고통일지 모르지만 이곳 에오스는 당신의 상식과는 전혀 다른 가치관으로 이루어져 있습니다. 그러니까 리키 님, 부탁입니다. 부디 제가 해야 할 일을 할 수 있게 해주십시오.』

진지한 다릴의 말이 지금은 또 다른 무게와 함께 리키를 옭아맸다.

원흉이라고 할 수 있는 카체를 원망하고 싶어도 이제 와서 귀를 막을 수는 없다. 이미 알아버린 진실을 없었던 일로 할 수는 없다. 묵살하는 것조차….

재킷을, 신발을, 하의를, 탱크톱을.

능숙하게 벗기는 동안, 리키는 말없이 살짝 시선을 떨구고 있었다.

아니… 몸을 움직일 때마다 천이 스치는 가벼운 자극에도 민감하게 반응해버리는 자신에게 혀를 찰 기력조차 없었다.

성기에 달라붙은 얇디얇은 속옷은 이미 쿠퍼액으로 축축하게 젖어 있었다. 펫 링이 성기를 꽉 조이고 있지 않았다면 지금쯤 좀 더 비참한 꼴이 되었을 것이다.

옆쪽의 후크를 풀고 마지막 한 장을 벗기는 칼의 손놀림에는 아무런 망설임도 부끄러움도 없었다. 퍼니처로서 해야 할 일을 모두 마친 후 칼이 물었다.

"갈아입을 옷을 가져올까요?"

그 대상은 리키가 아니라 주인 이아손이었다.

"내일 가져와라."

냉랭한 말의 의미. 그것을 의식한 순간 리키의 몸 안에서 뭉근하게 타오르던 열정(劣情)의 불꽃이 작게 튀어 올랐다.

"알겠습니다."

깊이 머리를 숙이는 칼을 곁눈질로 좇으며 리키는 살짝 아랫입술을 핥았다.

'이아손 녀석… 정말이지 그 녀석은….'

자신의 펫 엘리시아와 함께 방으로 돌아오자마자 라울은 깊은 한숨을 내쉬었다.

'이건 정도가 너무 심하잖아.'

그러니까 데뷔 파티에서 '버릇없게' 군 펫에게 내린 징벌을 말하는 것이다.

아니, 징벌 자체는 아무래도 상관없다. 문제는 그 뒤처리다.

라울이 보기에 한 번 떠났다가 다시 돌아온 펫 따위는 전대미문의 스캔들을 뛰어넘어 완전히 미친 짓이었다.

지난번에 이아손이 슬럼의 잡종을 펫으로 삼아 에오스에 데려왔을 때에도 충격의 폭풍이 휘몰아쳤으나 이번에는 다른 의미로 거센 지진이 일었다. 연령적으로도 정신적으로도 미성숙한 펫들 속에 날렵하고 성숙한 색향과 금욕적인 사나움을 겸비한 이질적인 짐승을 풀어놓은 것이나 다름없기 때문이다.

과거의 리키를 알고 있는 엘리트들의 눈에도 그것은 선풍적인 사건이었다. 이아손이 리키의 펫 링을 풀고 슬럼에 놓아줬던 사실까지 알려지지는 않았지만 '다시 돌아온다'는 있을 수 없는 사실이 엄연한 현실이 되어 눈앞에서 벌어졌기 때문이다.

게다가.

'거칠고 반항적인 잡종'.

그 대명사와도 같았던 리키가 한 꺼풀을 벗은 것처럼 성숙해진 모습에 그들은 새삼 눈을 크게 뜰 수밖에 없었다.

미성숙한 펫들만이 끊임없이 순환하는 게 상식인 에오스에서 그것은 기이하다기보다는 순수한 놀라움이었을지도 모른다. 1년 반 만에 리키와 재회한 라울조차 무심코 물끄러미 리키를 응시했을 정도다.

리키가 에오스에서 사육되던 3년간은 좋건 싫건 그야말로 격렬한 지진과도 같았다.

고작 펫, 슬럼의 잡종 따윈 눈길을 줄 가치도 없다.

모두가 그렇게 생각했다.

그러나 리키의 존재는 엘리트의 상식을 산산이 부서뜨렸다.

진실을 꾸미지 않고 말하자면 리키는 따분하지만 화려한 평온을 산산이 조각내기 위해 던져진 기폭제였다. 모든 걸 예상하고도 리키를 데려온 이아손조차 그 진정한 위력을 알지 못했다.

『고작 펫 따위…. 그렇게 쉽게 말할 수 있었을 것 같으면 3년씩이나 내 옆에 두지도 않았어.』

아니, 진원지에 있던 이아손이야말로 예측할 수 없는 폭풍에 삼켜져 변질되고 말았다.

『처음에는 단순한 변덕이었지만 문득 정신을 차리고 보니 나 자신조차 생각지도 못했을 정도로 깊이 빠져 버리고 말았지. 특히 미메아와 그런 일이 있은 후로 더더욱. 생체 기관은 뇌뿐인 인공체이긴 하지만 결국 나도 어쩔 수 없는 인간이었던 모양이야.』

라울은 이해하기 힘든 임계점까지.

『내가 리키를, 리키를 사랑하고 있다… 고 말한다면 자넨 나를 비웃을 텐가, 라울.』

냉랭한 목소리를 타고 흘러나온 말이 단순한 농담인지 아닌지는 모른다. 어쨌든 그냥 흘려 넘길 수 없는 당시의 고해는 지금도 라울의 뇌리에 들러붙어 떨어지지 않은 상태였다.

펫 등록을 말소하지 않고 리키를 슬럼으로 돌려보낸 것도, 그런 리키를 다시 에오스로 데려와서 기르는 것도, 블론디들 사이에서 반발이 전혀 없지는 않았다.

그러나 펫 법의 허점을 파고들어 강제로 의지를 관철하는 방법에 노골적인 반발과 은근한 쓴웃음은 있었을지언정 표면적으로는 아무런 마찰도 없었다.

『법에 저촉되지는 않는다.』

그렇게 유피테르가 분명하게 못을 박았기 때문이다.

결과론적으로 말하자면 걸고넘어져 봤자 빈틈없는 논리로 찍어 누를 수 있도록 철저한 준비를 갖춘 이아손의 교활함이 승리를 거둔 셈이다. 거기서 이성으로는 이해할 수 없는 뭔가를 느낀 자도 적지 않을지 모르지만.

그 이상으로 블론디들이 은밀한 호기심을 억누르지 못한 것도 사실이었다. '리키'라는 기폭제가 에오스에 돌아옴으로써 다음은 어떤 연쇄 반응이 시작될까.

미지의 존재에 대한 호기심과 탐구심은 블론디의 습성이기도 하다.

이해 불능의 수수께끼와 난문을 푸는 일. 그것은 이미 지식욕이라기보다는 뇌리에 각인된 영원한 테마이리라.

『감염력이 지나치게 강한 잡균.』

오르페는 리키를 그렇게 부르며 꺼리고 있지만, 그런 리키에게 다시 돌아온 징벌을 부과하는 것 자체가 이아손과는 다른 의미로 뭔가 선동을 노리기 때문일지도 모른다.

왜냐하면 그로 인해 신입 펫의 선보이기 기간이 연기되었기 때문이다.

에오스를 통치할 권한은 오르페에게 있기 때문에 그가 결정한 사항을 따라야만 한다. 보통 데뷔 파티는 2주간의 선보이기 기간을 거쳐 열린다. 그걸 연기하다니, 지금까지 한 번도 없었던 일이다.

에오스가 시작된 이래 처음이었다.

'애초에 파티 정장으로 일부러 그 녀석에게 검은 가죽을 입힌 것 자체가 오르페에게 싸움을 거는 거나 마찬가지지.'

이아손의 입장에서는 사소한 복수였는지도 모른다.

그런 차림이 멋지게 어울리는 게 더욱 문제다. 에오스 전체를 뒤져봐도 그런 차림을 할 수 있는 펫은 없으리라.

기탄없이 본심을 털어놓자면 과거에는 거칠고 사납기만 했던 분위기가 승화하여 리키는 좋건 싫건 더욱 성숙한 색기를 풍겼다.

에오스에서 사육되던 3년째 후반기에는 완전히 독기를 잃고 잡종다운 날카로운 이빨도 빠져 버렸다고 생각했지만 그것도 '다릴 사건'으로 단숨에 뒤집혔다.

펫이 시큐리티 가드를 뿌리치고 에오스 밖으로 탈출한 사건.

대체 누가 그런 일을 예측할 수 있었겠는가. 그야말로 청천벽력이었다.

리키의 본질은 잡종이라기보다는 야생이라고 할 수 있다.

길들여지지 않고.

비굴해지지 않고.

포기하지 않는.

야생.

그래서 이아손이 오기로라도 리키를 사슬로 묶고 싶어 하는지도 모른다. 무슨 수를 써도 길들여지지 않는 진귀한 짐승을 발밑에서 키우기 위해.

그로부터 1년 반.

펫 링을 풀어준 '짧은 휴식'의 효과는 놀라울 정도였다. 라울이 그렇게 생각할 정도니 다른 블론디도 누구나… 깨달았으리라.

인간은 성숙하는 생물이다.

당연한 듯하지만 아무도 깨닫지 못했던 사실.

리키는 그야말로 그 사실을 보여주기 위한 구현자였다.

에오스에서 펫은 미숙한 것이 '상식'이었다. 계급장을 대신하는 액세서리에 불과한 애완용 장난감이자 쓰고 버리는 소모품이었다. 항상 새로운 펫을 사들이는 게 에오스에서는 유일한 자극이었다.

하지만 그게 전부는 아니다. 과거의 리키라는 존재가 그 사실을 환기시키고 지금 현재의 리키가 그 사실을 구현한다.

항상 미성숙한 펫을 순환시킴으로써 자극을 유지해온 에오스의 상식에 깊이 쐐기를 박는 것처럼.

미숙함도, 성숙함도 관계없고.

노화도, 열화도, 퇴화도 하지 않는다.

불로불사의 매혹적인 신체라고 일컬어지는 엘리트의 시야 속으로까지 선명하게 파고들었다.

『아무런 통제며 각인이 되어있지 않은 슬럼의 잡종을 길들이는 데 3년이 걸렸다. 3년이야, 라울. 이제 와서 진심으로 놓아줄 리 없잖나?』

라울은 돌아온 리키를 보고 나서야 비로소… 그 말의 진의를 깨달았다.

그리고 오늘 밤, 그 편린을 보았다.

리키가 케이지의 음료수에 손을 대지 않은 이유는 누가 봐도 분명했다.

『독이 든 걸 알고도 마시는 바보가 어디 있어?』

맞는 말이다.

과거의 추태는 리키에게 영원히 지워버리고 싶은 기억일 것이다.

기드온이 일부러 '룰 위반'을 들먹인 까닭은 예상했던 '즐거움'이 날아간 불만 때문이라기보다 준비가 다 갖춰졌는데도 주인공이 그 무대에 오르기를 거부한 것에 대한 정당한 항의였다. 그 기회에 비꼬듯이 D타입 링의 효용을 걸고넘어진 점은 고의적인 계략이었을지도 모르지만.

그것도 묵살하려면 아예 불가능한 것은 아니었다. 뭐니 뭐니 해도 세 치 혀로 백도 '흑'으로 바꿔버리는 논쟁에는 자신이 있다.

하지만 이아손은 그렇게 하지 않았다.

정론에는 정론을.

야유에는 야유를.

그렇게 천연덕스럽게 대응하다가 마지막에 비장의 방아쇠를 당겼다.

리키의 몸에는 손가락 하나 대지 않고 손가락의 링을 살짝 만지는 행위만으로 이아손은 D타입의 효능을 증명해 보였다.

그만큼 리키의 변모는 뚜렷했다.

그러나 그때는 아직 모두가 작은 링에 응축된 첨단 기술에 경악하며 흥미와 관심을 보인 것에 지나지 않았다.

그러던 중에 리키가 치밀어 오르는 분노를 노골적으로 드러내며 사나운 눈빛으로 블론디를 노려보았다. 그래서.

『건방지게 군 것에 대한 벌이다.』

그 한마디로 주저앉게 한 후부터 파티장의 분위기는 일변했다.

멀리서 흥미진진하게 지켜보던 펫들은 그때 대체 무슨 일이 일어난 건지… 이해할 수 없었으리라.

주특기인 폭언을 내뱉는 대신 움찔움찔 하반신을 경련하며 애써 신음을 삼키는 모습은 꼴불견이라기보다는 숨이 막히도록 요염했다.

4년 반 전에는 그저 거칠기만 한 구경거리에 지나지 않았지만 이번에는 달랐다.

펫은 쾌락을 거부하지 않는 애완용 장난감이다. 그걸 위해 특화 및 선별되기에, 음란함이야말로 미덕이라고 세뇌당하기 때문이다.

단순한 일련번호에서 개체명으로 불리는 것이 펫에게는 최고의 명예다. 그리고 더욱 큰 행복을 얻기 위해 쾌락을 향유한다.

펫들은 쾌감을 탐하기를 주저하지 않는다. 금기 따윈 없는 것이나 마찬가지다.

느끼는 대로 교성을 지르고 더욱 강한 자극을 갈구하며 탐욕스럽게 쾌락에 취한다. 그들은 수치를 몰라야 하기 때문이다.

키스를 하고, 서로의 옷을 벗기고, 스스로 치부를 드러낸다. 그것은 상대를 애태우고 유혹하기 위한 것이 아니라 쾌감을 탐하기 위한 의사 표시다. 지금 드러낸 곳이 자신이 가장 쾌감을 느끼는 성감대라는 사실을 알려주기 위한.

미숙한 페니스를 입에 머금고.

가련한 클리토리스를 핥고.

듬뿍 빨고 애무한다.

수컷에게는 '그것'이, 암컷에게는 '그곳'이 쾌감의 원천이기 때문이다.

그렇게 살갗에 남은 정사의 흔적을 과시함으로써 펫의 우열이 정해지고, 자존심과 존재 의의로 이어진다.

그러나 리키는 다르다.

사람들 앞에서 노출을 거부하고 미간을 찡그리며 쾌감을 억누른다.

펫이라면 당연히 토해내야 할 미덕을 노골적으로 혐오한다.

그것은 비록 펫이라는 '족쇄'에 묶여있어도 그 '색'에는 절대 물들지 않겠다는 리키의 강렬한 의사 표시였다. 마치 슬럼의 잡종으로서 양보할 수 없는 긍지인 양.

그런데도.

그에게서 흘러나오는 것은 달콤한 꿀을 듬뿍 머금은 농밀한 에로스였다. 힘껏 깨문 입술에서 간간이 흘러나오는 숨결은 더할 나위 없이 음란했다. 그것이 섹스는 물론 자위조차 아니었는데도.

콧등을 찡그리며 기분 좋게 신음하는 다른 신입들과는 전혀 달랐다. 리키가 보여주는 금욕적인 색기는 펫들이… 아니, 블론디조차 전혀 모르는 종류의 것이었다.

리키에게 주어진 '건방지게 군 것에 대한 벌'은 시간으로 치자면

10분도 되지 않았지만 그사이 펫들은 리키가 숨기고 있던 농밀한 독기에 중독되고 말았다.

어떤 자는 귀 끝까지 새빨개져서 끊임없이 입술을 핥고.

또 어떤 자는 촉촉하게 젖은 눈으로 리키의 부끄러운 모습을 집어삼킬 듯이 응시하고.

노골적으로 움찔움찔 허벅지를 비비는 자도 있었다.

오르페가 말한 '감염력'은 그야말로 강렬했다.

그러나.

진짜 독은, 진정한 충격은 그 후에 덮쳐왔다.

몸 안을 괴롭히는 쾌감의 자극에 속수무책으로 희롱당하여 몸도 마음도 지칠 대로 지친 것일까. 처벌에서 해방된 후에도 리키는 어깨를… 가슴을 들썩이며 거친 숨을 몰아쉬었다. 꼼짝도 할 수 없는 모양이었다.

목덜미에서 흘러내리는 땀.

축축하게 달라붙은 검은 머리.

거친 숨을 몰아쉬며 때때로 경련하는 반쯤 벌어진 입술.

가슴을 난타하는 고동과 관자놀이를 후려치는 박동에 주위의 소음마저 전혀 들리지 않는 듯했다.

"리키. 이리 와라."

이아손의 부름에도 리키는 눈을 감고 있었다.

그러나.

"리키."

이아손이 힘 있는 목소리로 리키의 이름을 불렀다.

바로 그 순간.

리키가 살짝 몸을 움직였다.

어렴풋이 눈을 뜨고 천천히… 여전히 떨림이 멈추지 않는 팔다리를 간신히 추스르며 힘겹게 일어섰다.

"호오…, 아직 조교되지 않은 야생 원숭이인 줄 알았는데 아무래도 그렇지는 않은 모양이군."

그 모습을 바라보며 유벨 보머가 작게 중얼거렸다.

"이아손의 작은 목소리의 변화를 알아차리다니. 잡종 특유의 후각 덕분인가?"

하이네스 살라스의 조용한 중얼거림에도 노골적인 놀라움이 담겨 있었다.

펫으로서 있을 수 없는 불손한 폭언을 퍼붓고 너무나도 방약무인하게 구는 듯이 보이지만 사실 리키는 이아손의 역린을 건드리는 한도를 정확하게 파악하고 있었다.

어디까지가 안전지대이고 어디부터가 위험 구역인지.

그 경계선을 목소리 하나로 알리는 이아손의 조교법과 악취미라고 불려도 조금도 흔들리지 않는 제왕의 진면목을, 라울과 블론디들은 처음으로 엿본 듯한 기분이 들었다.

하지만.

그조차 단순한 전조에 지나지 않았다는 사실을 라울과 블론디들은 곧 알게 되었다.

자칫하면 비틀거리다가 쓰러질 듯이 팔다리를 질질 끌며 리키는 이아손의 발밑으로 기어갔다. 그 모습을 꼴불견이나 비참한 추태라고 말하는 사람은… 없었다.

앞으로 어떻게 될까.

어떻게 결말이 날 것인가.

모두 숨을 죽인 채 그 모습을 응시했다.

이아손은 발밑으로 기어온 리키의 검은 머리를 움켜잡고 고개를 휙 젖혔다.

"실컷 신음해서 목이 마르겠지."

리키는 그저 숨을 헐떡일 뿐이었다.

"뭘 마시고 싶지?"

그 정도 상은 줄 수 있다고 말하는 듯한 목소리였다.

테이블 위에 놓여있는 것은 맛있는 오르되브르와 어울리는 무알코올 음료수. 전부 펫들이 즐겨 마시는, 목 넘김이 좋은 극상품이었다.

그러나.

"…물…."

굳이 그냥 물이 좋다고 대답하는 리키의 태도에 라울은 반쯤 할 말을 잃었다.

이아손에게 호된 꼴을 당하고 기어와 놓고, 그래도 비굴하게 굴기는커녕 고집을 부리다니. 그것은 잡종의 본성이라기보다는 펫의 독에 물들어서도 여전히 무너지지 않는 리키 자신의 긍지를 본 듯한 기분이 들었다.

그런 리키의 반응조차 예측의 범주였던 것일까…, 이아손은 아주 살짝 입꼬리를 휘었다.

『이제 와서 진심으로 놓아줄 리 없잖나?』

이아손의 본심이 보인 듯한 기분이 들었다.

블론디와 슬럼의 잡종.

주인과 펫.

이아손과 리키 사이에는 그렇게 눈에 보이는 관계로는 설명할 수 없는 무언가가 있다. 한순간 그렇게 생각했지만 라울은 곧 그 바보 같은 망상을 떨쳐버렸다.

징벌을 견뎌낸 보상으로 미네랄워터가 곧 준비되었다.

그러나 체력을 극심하게 소모한 리키는 글라스를 든 손에 좀처럼 힘이 들어가지 않는 듯 이아손이 건네준 잔의 물을 곧 바닥에 쏟아버리고 말았다.

이아손은 그런 리키의 실수를 나무라지 않았다.

그뿐인가. 그대로 리키를 자신의 무릎 위로 가뿐하게 끌어올린 후 다른 잔에 물을 따라서 입에 머금었다. 그리고 아무 망설임 없이 리키에게 입을 맞췄다.

순간.

너무나도 경악스러운, 아니, 믿기 힘든 광경에 모두가 경악하며 숨을 삼켰다. 두 눈을 크게 떴다. 그리고 술렁거렸다.

정식 파티 자리에서 펫은 주인이 준 음식 외에는 입에 댈 수 없다. 그것이 룰인 이상 주인이 입으로 펫에게 물을 먹여준다 해도 결코 매너 위반은 아니다.

…그렇지만.

그렇게 정신 나간 짓을 하는 주인은 없다. 펫은 어디까지나 관상용일 뿐 손수 귀여워해 주는 대상이 아니기 때문이다.

그것을 역이용한 충격적인 퍼포먼스는 당연히 펫들을 전율하게 만들었으며 라울을 비롯한 블론디들도 모두 말을 잃고 말았다.

게다가.

이아손은 한 번뿐 아니라 두 번, 세 번…. 아니, 리키가 원하는 만큼 자신의 입으로 물을 먹여줬다. 주위의 경악과 술렁거림을 완벽하게 무시하고.

'하여간… 그러니까 그 녀석은 질 나쁜 확신범이라는 거야.'

라울은 벌레라도 씹은 듯한 얼굴로 혼잣말을 중얼거리며 소파에 털썩 주저앉았다.

지금까지 리키가 이아손의 펫이라는 인식은 있었지만 그 실태는 조금도 드러나지 않았다.

이아손이 리키를 직접 안는다는 증거는 리키의 몸에 뭔지 뻔히 보이는 흔적이 끊임없이 새겨져 있다는 사실뿐이었다.

사실은 존재하지만 진실은 보이지 않는다.

리키의 몸에서 소유의 각인이 사라지지 않는다. 그 사실만으로도 에오스 전체가 술렁거렸다. 펫을… 그것도 슬럼의 잡종을 직접 안으며 즐기는 주인은 전대미문의 스캔들이었기 때문이다.

'악취미.'

'괴짜.'

'블론디의 수치.'

대놓고 수군거리지는 않았지만 그런 험담이라면 에오스 한구석에 얼마든지 굴러다녔다.

지난번에는 아무리 추문이 퍼져도 이아손은 부정도 긍정도 하지 않았다. 그저 전부 묵살할 뿐.

하지만 이번에는 다르다.

다시 돌아온 리키와의 관계를 아주 일부분이긴 하지만 사람들 앞에 드러냈다.

그런데도 이아손의 진의는 보이지 않는다.

'대체 뭘 어쩔 셈이냐, 이아손.'

그 초조함에 라울의 미간에는 더욱 깊은 주름이 새겨졌다.

몸 안을 뭉근하게 태우던 음란한 불길은 실 한 오라기 걸치지 않은 나체로 벗겨져서 별실로 이끌려간 순간 단숨에 리키의 살갗을 태웠다.

등 뒤에서 작은 소리를 울리며 문이 닫혔다.

이곳에는 이제 자신과 이아손밖에 없다. 핥듯이 몸에 감겨드는 시선도, 성가실 정도로 시끄러운 술렁거림도 없다. 그렇게 생각하니 숨통이 조금 트이는 기분이었다.

그때 등 뒤에서 이아손의 기척이 천천히 움직였다.

그것만으로도 자신과 이아손을 둘러싼 공기가 농밀해진 듯한 기분이 들었다.

목줄에서 리드가 풀렸다.

진동이라고도 부를 수 없는 미미한 흔들림에도 솜털이 곤두섰다. 그런 리키의 변화쯤은 모두 알고 있을 텐데 이아손은 여전히 아무 말도 하지 않았다.

절대권력자라는 이들이 모두 거만하고 오만불손하지는 않겠지만 평소에는 쓸데없이 말이 많은 남자가 입을 굳게 다물고 있으면 아무래도 마음이 불편한 법이다.

이번에는 말없이 리키의 정면에 서서 이아손은 목덜미에 달라붙은 검은 머리를 손가락으로 쓸어 넘겼다.

부드럽게.

오른쪽으로, 왼쪽으로.

더욱 천천히.

목줄을 벗기려면 달라붙은 머리카락이 방해된다. 그저 그것뿐인데도 몹시 의미심장하게 느껴졌다.

"…젠장."

저도 모르게 욕설을 내뱉자 푹 숙인 머리 위에서 이아손이 웃는 기척이 느껴졌다.

모든 것이 손바닥 안.

새삼스럽긴 하지만 노골적으로 비웃는 것보다 어째서인지 수치심이 밀려왔다. 그런 건 옛날에 사라져버렸을 텐데.

젠장.

젠장….

젠장…….

추태라면 파티에서 실컷 부리고 왔다. 이제 수치스러울 것 따윈 무엇 하나 남아있지 않은데 아직 정장을 입고 있는 이아손의 눈앞에 나신으로 서 있는 자신이 지독히 부끄러웠다.

그것은 그가 어설프게 달아올라 있는 자신을 모조리 꿰뚫어 보고 있기 때문이리라.

다른 누구의 시선도 단호하게 묵살할 수 있지만 이아손의 시선만은 무시할 수 없다.

길고 부드러운 이아손의 손가락이 목줄을 벗겨냈다.

그러나 목을 조이는 예속의 고리가 벗겨져도 목구멍 안쪽의 숨 막히는 감각은 사라지지 않았다.

리키는 그 의미를 새삼 자각했다.

그런데도 고작 입술 끝으로 그 자각을 짓씹는 행동밖에 할 수 없는 자신에게 화가 났다.

몸부림을 쳐도.

발버둥을 쳐도.

독설과 폭언을 내뱉어도.

결국 이아손의 손바닥 위에서 놀아날 뿐이라고 생각하면 울화가 치밀었다.

그때였다.

"젖꼭지가 뾰족해졌군."

이아손이 느닷없이 손톱 끝으로 젖꼭지를 튕겼다.

"흐윽…!"

리키는 목을 움츠렸다.

갑작스러운 자극에 목소리를 죽일 수도 없었다.

그런 리키의 뒷머리를 헤집듯이 움켜잡은 후 이아손은 그의 얼굴을 젖혀 드러나게 했다. 리키가 고개를 숙인 채 쾌감을 참지 못하도록.

파티 장소에서 여기까지 오는 동안 다리 사이의 욱신거림은 간신히 가라앉았지만 끊임없이 상의에 스쳐 자극을 받았던 젖꼭지는 반대로 뾰족하게 일어서 있었다. 스치면 아플 정도였다.

"꼭 희롱해달라고 하는 듯하군."

그럴 리가 있냐. 욕설을 내뱉고 싶은 심정은 굴뚝같았지만 움켜쥔 머리카락을 뒤로 휙 잡아당기는 바람에 필연적으로 목이 젖혀져서 마음껏 독설을 퍼부을 수도 없었다.

게다가 조건반사적으로 가슴을 내미는 자세가 되는 바람에 양쪽 젖꼭지가 아플 정도로 단단해졌다.

"너는 정말 여기가 약하군."

말뿐만 아니라 손가락 끝으로 직접 희롱당하자 목덜미가 화악 뜨거워졌다.

스스로도 깨닫지 못했던 성감대를 손가락으로, 혀로 끈질기게 희롱하여 작은 자극에도 과민하게 반응하도록 길들인 것은 다른 누구도 아닌 눈앞의 남자였다.

이 자식—그렇게 생각했지만 손가락으로 젖꼭지를 가볍게 누른 것만으로도 혀가 굳어버렸다.

"감도가 뛰어난 건 좋은 일이다만?"

그대로 천천히 문지르자 왼쪽 가슴이 뜨겁게 달아오르며 욱신거리기 시작했다.

두근, 두근… 고동이 빨라졌다. 움직이는 이아손의 손가락에 호응하듯이.

"…응…, 으응…."

목소리를 죽여도 콧소리가 섞인 달콤한 신음은 감출 수가 없었다.

그렇게 쾌감을 동반한 미열은 온몸을 돌아다닌 후 다리 사이로 집중된다.

천천히.

애가 탈 만큼 천천히… 독이 퍼진다.

허벅지 안쪽이 경련하고, 발가락 끝이 뻣뻣해지고, 다리 사이의 성기가 고개를 들기 시작했다.

거칠어진 호흡을 억누르지 못하고 리키는 살짝 미간을 일그러뜨렸다. 그때 이아손이 느닷없이 젖꼭지를 꾸욱 집었다.

"윽… 아아앗."

그 자극에 고환이 수축하고 탄탄한 엉덩이가 살짝 허공에 떴다.

리키가 그러고 있는 사이.

"흘리지 마라."

귓가에 이아손이 속삭였다.

"이 정도도 참지 못하면 한 방울도 흘리지 않도록 꽈악 조여주지."

온몸에 퍼진 독보다 몇 배나 달콤한 독을 담아.

"아… 하아… 으응, 아아아…."

단순히 정사 중의 가벼운 농담이 아닌 명확한 경고에 리키는 하복부에 힘을 주며 허벅지와 엉덩이를 조였다. 그래도 끈적끈적한 쿠퍼액은 멈추지 않고 흘러나왔다.

달아오른 쾌감이 폭발하지 않도록 필사적으로 참았다.

그러나 참으려면 뭔가에 매달리지 않을 수 없어서 얼떨결에 이아손의 옷을 양손으로 움켜잡았다. 그렇게라도 하지 않으면 다리도 허리도 후들후들 떨려서 버틸 수 없을 것 같았다.

"그대로 가만히 있어라."

손가락 끝으로 젖꼭지를 이리저리 비트는 이아손은 평소보다 한층 가차 없었다.

'이… 자식…, 왜… 화가… 난, 거지….'

뭐가 뭔지 영문을 알 수 없는 불안을 끌어안은 채 으드득 이를 갈며 리키는 입술을 부들부들 떨 수밖에 없었다.

"앗… 앗… 흐윽, 으응… 싫어… 아, 응응…."

킹사이즈 침대 속, 리키는 정신없이 신음하고 있었다. 벌써 몇 번째인지 모를 정사는 정액을 토해내는 쾌감보다 미칠 듯이 밀려오는 피로감이 더욱 컸다.

끝나지 않는 쾌감은 그저 고통에 불과하다.

그래도 다리를 활짝 벌린 채 밀착되어 있는 리키의 애널을 꿰뚫고, 쾌감의 원천인 한 점을 집요하게 노리며 허리를 움직이는 이아손은 그야말로 가차 없었다.

시트는 이미 흘러내린 땀과 윤활제, 말라붙은 정액으로 범벅이 되어 있었다.

이럴 때 반쯤 산소 결핍 상태로 거친 숨을 몰아쉬는 리키와는 달리 안색 하나 변하지 않는 이아손의 모습은 한층 이질감을 자아냈다.

타나그라가 자랑하는 최고 권력자 블론디는 침대 위에서도 냉철한 지배자다.

물론 펫을 상대로 섹스를—최고 기밀인 섹서로이드 기능을 아낌없이 증명하는 '악취미'의 소유자는 이아손뿐이지만.

"그… 그만… 용… 서해… 줘…."

잘 움직이지 않는 입으로 애원해도 이아손은 들어주지 않았다.

슬럼에서 빼지 않고 세 번 연속 할 수 있다고 호언장담하며 정력을 자랑하는 남자는 대부분 그런 류의 마약을 복용한 자다. 하지만 이아손은 다르다. 정말로 절륜하다. 그것은 이아손과의 섹스에 거부권이 없는 리키가 제일 잘 알고 있었다.

이아손이 그렇다 보니 처음에는 다른 블론디들도 자신의 펫을 직접 안는 줄 알았다. 하지만 그런 '변태'는 이아손뿐이라는 사실을 알고 경악하고 말았다.

아니, 엄밀하게 말하자면 그것은 섹스가 아닐지도 모른다. 몸을 하나로 깊게 겹치면서도 이아손이 무슨 생각을 하는지 도무지 알 수 없었다.

리키는 숨이 가쁠 만큼 신음하고, 흔들리고, 머릿속이 새하얘질 때까지 희롱당할 뿐이다.

평소에는 침대 위에서조차 여유만만하고 말이 많은 이아손이

오늘은 섬뜩할 정도로 입을 굳게 다물고 있었다.

과거에 단 두 번, 비슷한 경험이 있었다.

첫 번째는 미메아와 사고를 쳤을 때.

두 번째는 슬럼으로 돌아가는 계기가 된 도주극—시큐리티 가드를 따돌리고 에오스를 탈출했다가 다시 끌려왔을 때였다.

양쪽 다 자업자득이라는 사실을 리키도 자각하고 있지만 이번만큼은 뭐가 이아손의 역린을 건드렸는지… 도무지 짐작조차 가지 않았다.

데뷔 파티부터 지금까지, 영문도 모른 채 이아손에게 휘둘리고 있는 쪽은 오히려 리키다. 그 이유를 캐물을 권리가 있었다면 자신이야말로 화를 내며 언성을 높였을지도 모른다.

그렇다고 쓸데없는 소리를 지껄였다가는 공연히 제 무덤을 파게 될 것은 뻔한 일. 리키에게도 학습능력은 있다. 무턱대고 이아손에게 끝없이 반항할 생각은 없다.

그러나 손가락으로, 혀로 생각지도 못한 쾌감을 끄집어내는 것과는 달리 몸 안 가장 깊은 곳까지 이아손을 받아들인 채 한없이 흔들리자니 육체적으로 너무나 부담이 컸다.

쾌감도 지나치면 독이 된다. 무방비하게 드러난 신경을 쥐어뜯는 행위는 쾌감이 아니라 고문에 가깝다.

"아… 싫어…, 아앗…."

밀착된 허리가 들썩거릴 정도로 격렬하게 흔들릴 때마다 허벅지 안쪽이 움찔움찔 경련했다.

"더는… 안… 나와…, 흐윽… 아아아…."

정액을 모조리 쥐어짜서 이제는 아무것도 나오지 않는다. 쉬어 터진 목소리로는 교성조차 지르기 힘겨웠다.

그러나 시들 줄 모르는 이아손의 그곳은 단단함과 질량을 유지한 채 리키의 약한 곳을 자극했다.

"안 나오나? 안쪽을 비빌 때마다 여기가 이렇게 질척질척해지는데도?"

그렇게 말하며 이아손은 손가락으로 요도구를 희롱했다.

"흐윽, 아아아아아."

무방비하게 드러난 채 손가락으로, 혀로 실컷 희롱당한 그곳은 아주 작은 자극에도 민감하게 움찔거렸다. 그 반동으로 저도 모르게 하반신이 경련한 순간, 내벽이 깊숙이 삼켜진 성기를 조였다. 덕분에 리키는 이아손의 흉기의 형태를 또렷하게 실감할 수밖에 없었다.

이아손은 한쪽 뺨으로 엷은 미소를 지었다.

"안 돼, 싫어, 라면서 아직 나를 조일 여유가 있나 보군."

평소에는 냉랭한 이아손이 때때로 지독히 인간적으로 느껴지는 것은 바로 이럴 때다.

그러나 그가 틀림없는 인공체라는 사실을 리키는 곧 깨달을 수밖에 없었다. 몸 안 가장 깊은 곳을 유린하고 있는 것이 느닷없이 커다랗게 부풀어 올랐기 때문이다.

"아으윽…, 이… 자식… 더… 커지지… 마…."

리키가 굳은 얼굴로 고개를 젖힌 것은 수치심 때문이 아니었다.

안 그래도 버거운데 더 이상 커지면 망가지고 말리라. 리키는 진심으로 공포에 질렸다.

그러나 리키의 두려움은 이아손의 가학심을 더욱 자극할 뿐이었다.

"그럼 마음껏 어울려주도록 하지."

속삭임은 소름이 끼칠 정도로 달콤했다. 그 독약 같은 달콤함에 리키는 척추까지 경련하는 듯한 기분이 들었다.

핥고.

희롱하고.

파헤치고.

뜨거운 성기.

움찔거리는 요도구.

녹아내린 구멍의 가장 깊은 곳까지.

쑤셔 넣고.

파고들고.

휘젓는다.

움찔거리고.

경련하고.

휘저어지고.

유린당하고.

함락당한다.

안 돼.

싫어.

죽을지도 몰라.

벌써 몇 번이나 그렇게 애원했는지… 모른다.

목이 타들어 가고, 머릿속이 흔들리고, 몸 안 가장 깊은 곳이 비명을 질렀다.

# 7장

언제부터 이 어둠 속에 있었나.

어떻게 사로잡힌 걸까.

대체 언제까지 기다려야 할까.

모르겠다.

아니, 이제 그런 건 아무래도 상관없다.

품 안에 단단히 끌어안은 선홍색 알의 온기를 확인하며 그 고동을 나눴다.

괜찮아.

무섭지 않아.

품속의 알만 있으면 더 이상 아무것도 필요 없었다.

왜냐하면 그것은 키리에의 꿈을, 아니, 갈망을 구현해주는 것이니까.

안아줘.

끌어안고… 키스한다.

핥아줘.

핥고… 가볍게 깨문다.

되풀이해서.

…되풀이해서.

그리고 참을성 있게 기다린다.

그러면 선홍색 알은 부화한다. 키리에가 원하는 것으로.

천천히.

…서서히.

색을 바꾸고, 형태를 바꾸고, 알은 팽창하며 변화한다.

이윽고 인간의 형태로.

검은 머리에 탄력 있는 나신.

애타게 바라고 애타게 그리던 것이 눈앞에 누워있다. 마치 키리에에게 바쳐진 제물처럼.

두근두근 빠르게 뛰는 고동을 억누르며 키리에는 주춤주춤 다가갔다.

그리고 그 귓가에 주문을 읊었다.

달콤하게.

사랑스럽게….

"리키."

닫혀있던 눈꺼풀이 살포시 열렸다.

그를 가둬버린 어둠과도 같은 칠흑의 눈동자가 미열에 촉촉하게 젖어 키리에를 바라보았다.

"리키…."

다시 한 번 그 이름을 중얼거리며 키리에는 조심스럽게 키스했다.

그러자 리키가 유혹하듯 키리에의 머리카락을 만지작거렸다.

그것이 신호라도 되는 양 키리에는 집어삼킬 듯이 키스를 퍼부었다.

'리키…, 리키….'

언제 끝날지 알 수 없는 향연의 시작이었다.